恋はいつも未知なもの

其實你不懂愛

YOU DON'T KNOW WHAT LOVE IS

村上龍

鄭衍偉｜譯

其實沒人懂愛

【名作家】張國立

其實沒人懂愛，倒不是說人類幾千年來沒有花功夫去了解愛，而是愛這種東西很詭異，它存在於人體的細胞、血液、各種器官，甚至毛髮之中，偏偏又不能像醫生般，把人體解剖之後宣稱，繼肝、膽、脾、胃、臟，我們找到了愛。說著，醫生血淋淋的手套將一團方不方、圓不圓、三角不三角的東西放在不鏽鋼的鐵盤內說，瞧，這就是愛。

於是當我們肚子舒服，可以進醫院照X光，醫生很謹慎地勸我們，張先生、趙小姐，可能要切除三分之一的胃。於是當我們頭腦不清，注意力無法集中時，醫生會拿出一罐阿里不達的藥丸說：來，試試這個，三餐飯後加睡前，先吃一個月再回來檢查。於是當我們牙齒疼，疼到覺都睡不好時，一把鉗子拔出那顆爛牙，然後神清氣爽，三個小時後已經能抱著籃球去幹一件企圖把籃板砸爛的行為。

所以，沒人懂愛，沒人可以提出一項方程式，什麼X＋Y×Z＝Love?

按照科學的說法，既然提不出任何證據證明愛的存在，我們是不是可以在此大膽斷言：「媽的，搞幾千年，壓根沒愛這玩意兒」？

村上龍在他一連串的尋找之中，發現愛除了存在於人體裡之外，還存在於陽光、空氣與水之中，尤其當心情沈澱下來的時候，更能依稀捉摸得到它的形體，在爵士樂、在朋友的言談、在酒精的揮發、在客觀的冷靜思考裡。

村上龍相信，在這麼個JAZZ BAR，愛瀰漫於腦細胞與人的接觸之間，不過，這間JAZZ BAR究竟在何處呢？

我知道，韓國首爾市區中心，明洞的 SAVOY HOTEL旁，許多年前我不小心闖了進去，地方很小，大約五、六張小圓桌，最裡面有叢聚光燈打在水溝蓋大小的舞台上，一個長髮女孩正專注吹著她胸前的薩克斯風。她用很輕柔、很緩慢的方式重新詮釋Dire Straits的〈Romeo and Juliet〉。

全身只有紅與黑兩種顏色的女人來到我面前
眨著她黑眼珠、嘟起她的紅嘴唇說
我是Madame Park，你想必是Wandering Heart
要杯Screw Driver，或是單純的Martini

我指指台上的薩克斯風，能請她喝杯酒嗎？
Madame Park搖著她粉紅的手掌，我卻看見她黑色的指甲
No,no,no, she said,
You and me baby, how about it？（註1）

不去首爾沒關係，北京后海的巷子內也有一家。我跟著朋友坐在最左邊那個仿明瓷花瓶下面的小桌旁，那天她穿著到小腿肚正中央的旗袍，坐下時我才發現兩側的叉開得很高，露出細細黑底褲的邊。酒精逼出我額頭上每顆汗，冷氣卻吹得我徹心涼。我伸手想握住她擱在桌上的手，她卻將那隻手的食指放在嘴中央，噓——台上那閉眼的男子正聲嘶力竭吼著陳昇的〈One Night in Beijing〉。

One Night in Beijing，我留下許多情（註2）
不管你愛與不愛，都是歷史的塵埃
她悄悄用耳後的一撮髮
搔動我最後的心悸
茅台的香氣吹在我頸項

竟睜不開越來越重的眼皮
只記得她說
別忘記明早第一班飛機
你得回台北
我等待了千年，爲何城門還不開？（註2）

台北復興北路上也曾有這麼一家，酒保兔子的抹布杵到我面前，隨後是杯金黃的威士忌。他說好久不見，這陣子死去哪裡啦？也許我的紅眼珠、也許我外套上的憂鬱味、也許我晚上仍忘記摘下墨鏡。他放上Pink Floyd的CD說：

別期望在這裡找到愛情
倒是有堆每天夜裡被情侶砸爛的玻璃碎片
在後門外的垃圾筒裡
也許能翻出點陳年故事、傷心往事
但當心，別割傷手，本店概不負責
所以，所以你認爲你能從（註3）

地獄中找到天堂
從痛苦裡找到藍天
從冰冷的鐵軌找到綠色的原野
兔子也說，記得付賬。

讓我們一起跟著村上龍尋找那家JAZZ BAR，未必能找到愛情，但說不定能得到起碼的心靈平靜。對，兔子說的，喝酒別忘了付賬。

註1．這一句，來自Dire Straits的〈Romeo and Juliet〉。
註2．這兩句與下面那句，來自陳昇的〈One Night in Beijing〉。
註3．這四句，來自Pink Floyd的〈Wish You Were Here〉。

如果恰好和生命裡某一段回憶有那麼些關聯性……

【愛樂電台「台北爵士夜」主持人】沈鴻元

爵士樂是說故事的音樂，而有故事的人才能寫出好歌，所以每首爵士歌曲裡都藏著故事。聽歌時旋律當然重要，但有時歌詞才是歌曲的靈魂。尤其歌詞裡的故事，如果恰好和生命裡某一段回憶有那麼些關聯性，這首歌就變成自己的歌了。村上龍就是這樣的想法，找了四十首和他生活週遭故事相關的爵士歌曲，一首歌配一則故事，寫成了這本書。然而讀完此書，發覺大約只和一半的故事產生共鳴。但我一點不驚慌，因爲我知道自己的故事和村上龍的故事肯定不會一樣，也許對歌曲的感覺是相似的，但生活不同，故事自然不同。所以重點或許應該是：村上龍用音樂告訴你這些故事，而你透過這些音樂，又想起哪些自己的故事？

故事圍繞在一間超現實的爵士酒吧，有故事的人都去過，也都在那兒聽到了屬於自己的那首爵士歌曲。只是酒醒後，從來沒有人記得酒吧在哪兒！村上龍後來總算進入了那間爵士酒吧，只是他也記不得怎麼去，唯一的印象就是屬於他的那首歌。仔細想想，我好像也去過那間爵士酒吧，依稀記得好像是在台北市某條街的地下室，但實在不能確定。只記得隔天我在家門口外的地板上醒來，除了渾身的酒味，還有那首屬於我的歌曲……。

CONTENTS

其實你不懂愛

You Don't Know What Love Is

沒有人好好說過這間JAZZ BAR的故事。

有人說它在銀座巷內，也有人說它在六本木的綜合大樓地底。有很多謠言指向紐約東村，但是又聽說它在波士頓大學校內偷偷掛牌。不知道是怎麼搞的，岩手縣一之關出現疑似目標這種說法瞬間傳開，然而又有人反駁它在巴黎聖傑曼德佩、在阿姆斯特丹北方運河沿岸、在西班牙伊比薩島……其實也有很多人相信它就開在東京橫田基地旁邊。更誇張的地點像是說在阿爾及爾的卡斯巴赫古城啦，或者是在香港九龍的貧民窟裡面……「歸根究柢，這家店其實是開在異次元，像是靈界之類的地方啦！」也有人這樣講。

牽涉到靈界、古城、貧民窟這些莫名其妙的地方很容易讓人誤以爲這間JAZZ BAR很怪，可是又完全不是那樣。

無論是裝潢也好，規劃概念也好，這家JAZZ BAR都和一般的店差不多。

撰寫以上這些文字的我，先前辭掉了知名廣告代理商的工作，自己開了一間小小的傳播公司。做我這一行的人，現在在東京的酒店隨便丟石頭都可以打到一個。不過，重點是，我最近常常聽到別人談這間JAZZ BAR。

我第一次聽人提到這家店，是在某年一個初雪飄落的夜晚。一個兀自喝酒的男子，繫著紫色領帶，看來和我年紀相當，在吧檯旁跟我搭話。

「先生，有空聊聊嗎？」

他喝的干邑白蘭地有加冰，而且他喝得很快。但是他的舌頭還很靈光，眼神也還很清澈。

我們相遇的那間BAR在銀座。店家沒有什麼值得稱道之處，櫃台的媽媽桑除了不囉嗦的印象之外毫無特色可言。這種店在銀座大概有五百家，我自己也搞不清楚自己爲什麼會跑到這種地方喝酒，只是因爲晚上自己一個人，不知不覺就走了進去。如果對女生有曖昧之意帶她去這種地方太土，介紹這種一點特色也沒有的地方感覺很失禮；而且店裡的氣氛也不適合一群朋友一起去瘋。

「你常來這家店嗎？」

我點點頭。

「我也是差不多每個禮拜都會來一次，不過還眞是第一次見到你。」

我覺得這家店完全不會讓人對其他客人產生印象。我說。

「嗯，也是。我也完全不記得其他的客人，連媽媽桑長什麼樣子都常搞不清楚。」

「這家店光是店名就讓人印象模糊啦。」

我們就這樣閒聊，笑了起來。和這個男人一起笑、一起乾杯，讓我感覺很奇妙；因爲我意識到在這兩三年當中，我都沒有和陌生人在吧檯幹過這種事，都是和認識的人在一起才會說說笑笑。而且我還注意到，即使是和認識的人相處，我也常常都是刻意讓自己表現得很開心。

我們聊了彼此的工作，也相互討論自己的煩惱。這位企業顧問先生最近擔心的是小情人花錢花太兇，他和她差了二十幾歲。

「唉，花錢本身不是什麼壞事，就算她要買的不是HONDA LEGEND，而是法拉利、保時捷，也都沒有關係。只不過呢，眞正的問題在於她認爲凡事都很輕而易舉。以前啊，有一部描述美國拓荒時代的電視劇叫做『懷俄明兄弟』❶，第一集老爸就死了。他在過世之前對他那群孩子說『輕鬆到手的東西不值錢』，我的意思就是那樣。」

才不過二十歲左右，這種女生就可以這麼乾脆地和年紀像老爸一樣的男人交往，想要讓這種人了解金錢概念應該很困難吧？不過我還是回說：嗯，我很了解你的心

❶ The Monroes，美國ABC電視台於一九六六年播映的西部連續劇。

情。

我自己最近在煩惱的，是我的工作夥伴精神出狀況。他和我一起投資創設傳播公司，夢想未來要拍電影，已經是認識二十年的老交情，可是他得了憂鬱症。先前我們成功代理到美國的獨立製片，所以傳播公司本身運作得還不錯，不過他每天上班的時候都自己一個人在那邊抄寫佛經，底下的人看不過去意見越來越多，這讓我覺得非常困擾。

「推薦你朋友去那家JAZZ BAR應該不錯。」企業顧問先生喃喃地說。

「呃……雖然我忘記它的位置到底在哪邊，不過那家店眞的不錯。到底在哪裡咧？實在是想不太起來。印象中好像就在這附近，不過因爲我常飛美東，所以又好像是在紐約或是波士頓……」

「JAZZ BAR？」

「是啊，那邊有Live表演，是鋼琴三重奏搭配一位女歌手，有時候也會有管樂突然跑出來客串。當我覺得自己精神不太穩定好像要發作的時候，有時候我會跑去那家店。那家店眞的是會讓人念念不忘。」

「念念不忘？」

「現在聽爵士樂不是都還是讓人覺得有點不好意思嗎？爵士樂那種內向害羞的氣

質現在已經不流行了，而且現在這個世界上也已經沒有搬演爵士樂的那種空間。待在那種地方很陰暗、很溫暖，即使自己一個人也不會感覺孤單。」

他說的感覺我很能體會。以前爵士樂曾經營造出一種可以讓人藏身避難的空間。不用追逐流行也不必跟女人搭訕，我們在濃密的音符裡漂流，即使獨自一人也不會覺得難受。那種地方就像是飛機發明升空之前的港灣。

「雖然那不是一家什麼了不起的店，該怎麼說呢，它好像把我們所有失落的東西全部都保存了下來。那不是鄉愁也不是什麼復古嗜好……

……你不懂，愛情是什麼，直到你老到會爲藍調落淚；直到你會因爲失落，度過死亡忽隱忽現的夜

直到你不賭上性命就無法接吻

直到你品味含淚苦澀的唇

你不懂

愛情是什麼

雙眼紅腫

失眠驚恐

直到你了解自己竟然那麼自我

你不會懂

愛情是什麼……

所謂的爵士經典曲目啊，會以一種最樸實的方式注入你的心，輕輕蕩漾你的血液，然後帶給你某種更充實圓滿的心情。」

我在找的，就是那位先生告訴我的JAZZ BAR。

你來真是太好了

You'd Be So NiceTo Come Home To

純粹的鄉愁、飛機發明升空之前的港灣、靈魂的避難所……那間JAZZ BAR擁有著各式各樣的外號，不過有幸走訪那間店的人其實都有一些共通之處。

首先，所有的人都是中年男子，都遭遇了某些人生的瓶頸。有人自己養的金魚生病、有人正努力製造可以瞬間毀滅世界的生化武器、有人眼睛下面長了一顆痣每天一到傍晚就會痛、有人好不容易弄到心愛的骨董公事包，卻發現上面長了不知名的黴菌……

然而數量最多的還是和戀愛有關的問題。

「老實說，女人眞的是讓我覺得很難搞。」

在我近四十年的生涯中，大概替同伴或朋友作過幾十次這類的對話諮商。仔細聽聽內容，大部分都很無聊。割腕、吸瓦斯、吞藥……雖然這種事情常常出現，但是對於身爲聽衆的我來說，這些全部都像是一種表演。個人的煩惱終究是一種很個人的東西。

那間傳說中的JAZZ BAR或許是爲了讓這些孤身奮戰的中

年男子們有路可走，所以才偶爾現身也說不定。

我在健身俱樂部的Lounge Bar遇到一個寫小說的男人，個子高高的，好像小我兩三歲。

「我現在還沒有辦法靠小說維生啦。」他說。

「先前爸媽在港區留了幾間公寓給我，雖然爲了付贈與稅不得不賣掉其中一間，不過我手上還剩五棟。收房租非常賺，如果用政府訂的國民所得標準來分的話，我好像被歸類到最高的那一級去了。」

這傢伙即使自稱有錢，也不會讓人感覺討厭。雖然他有賓特利、法拉利和奧斯汀的車，可是自他口中說來卻帶著一種自嘲的味道。

聽到我辭掉一流廣告代理商的工作自己經營傳播公司，他坦白表示說他很羨慕。

「我都快要三十七歲啦。」他說。

果然不出我所料，他小我兩歲。

「我眞的覺得自己的人生很無聊。只是利用不動產這種……支配當今日本的爛政策才能苟延殘喘到現在。可是啊，我覺得我可以寫小說，現在已經不是那種病懨懨的人才搞文學的時代了，你說是吧？」

Lounge的喇叭傳來編曲相當糟糕的〈Sunny Side of Street〉。他突然轉變話題，開始談起某個女人，還有那間JAZZ BAR的故事。

「我很喜歡爵士樂。雖然聽披頭四感覺比較符合我的年紀，可是我就是喜歡爵士樂，總覺得這會不會和我是獨生子有關咧？雖然沒有什麼根據，不過我覺得獨生子的體質好像比較容易會去嚮往爵士樂。有一種……世界向內收攏的感覺。

我很喜歡海倫·梅芮爾❶喔，她就是以前和克里夫·布朗❷一起合作的那個女的。我從高中的時候就很喜歡她，她唱的那首〈You'd Be So Nice to Come Home To〉眞的是經典：

我最喜歡，你在家裡的時候
只要你在暖爐邊陪我
任何其他的事都不必忙
你的呼吸
催我入夢
即使冬夜刺骨
我和你
也懷抱滿月的幸福
你眞好

❶ Helen Merrill，1930-。聞名世界的爵士女歌手，六十年來至今依舊活躍 在爵士樂壇，在歐洲與日本都有相當多的支持者。
❷ Clifford Brown，1930-1956，英才早逝的美國爵士小喇叭手。

只有你是我的寶
要愛我，愛我更多
好好待在家裡就夠
我最喜歡，你陪我的時候

難道她都沒想過對方不在家的時候該怎麼辦嗎？

「以前我喜歡過一個和海倫．梅芮爾很像的女孩。像我這樣有很多錢可以隨便花，也有法拉利，而且你看，身高也還不錯，大麻之類的藥我年輕的時候該體驗的都體驗了，在追女孩子這方面也沒有遇過什麼障礙，但是只有那個女孩讓我感覺很不一樣。啊，雖然說她像海倫．梅芮爾，不過她當然是日本人啦。她的嗓音沙沙的，很害羞，不知道該說是溫柔還是說她都不會怪我喝醉，還是說呼之即來……總之大概是這種感覺。

「我們建立這種相處模式之後，她就變得非常恐怖。不是像吃醋那樣，不只是女人那種佔有慾，反正她就是像老人或者是小孩那樣，越來越沒有分寸。只要我沒有和她在一起，我就什麼都不是，反而會變成她嫉妒的對象。對她來說，她心目中的理想就是全世界只有我和她彼此相依爲命，不論父母還是子女都和我們沒有關係。

「那個時候，我在朋友的公司暫時幫忙。那是一間很小的出版社，做些旅遊書之類的。結果啊，有一天她跑到公司來大聲哭叫說：『現在馬上辭職啦！我自己一個人那麼孤單，你怎麼可以放心和別人在一起工作！』光是這樣就已經很丟人現眼，她還在公司裡面當衆亮出刀子割腕。還有我媽媽住院的時候……嗯——我爸比較早過世，不過我媽因爲癌症的關係，住院住了很久。在病情越來越嚴重的最後關頭，我一直陪在她身邊……」

結果海倫．梅芮爾又出現了。我說。

「沒錯！而且我媽鼻子插管，她還對她大吼大叫：『你有沒有搞錯，你兒子在浪費他寶貴的時間。他和我在一起的時候明明就幸福好幾十倍，結果你生病害他花時間陪你，沒空去想人生到底什麼事情才重要！』哇！病房裡眞是鬧得一團亂。她把我媽的鼻管拔掉，讓醫生目瞪口呆，又被我其他親戚趕出去。和我們比較熟的護士小姐好像被她嚇到，後來一直哭。」

所以你和她分手了嗎？

「分是分了，不過我媽死掉以後我們還是繼續交往了一年左右。唉，我果然還是滿喜歡她的。後來我交了另外一個女生，她和海倫．梅芮爾完全不一樣，非常成熟。其實我沒有眞的那麼喜歡她，只是在一種反作用力的狀態之下和她交往。當然啦，海倫．梅芮爾又跑來插一腳，可是這次她沒有大吵大鬧。只有那次，她眞的好安靜，她們兩個女生一直看著地面，什麼話也沒說。

我就是在那個時候去了那間JAZZ BAR。我想，那家店應該是在橫濱那邊沒有錯。那天晚上霧很濃，我自己一個人狼狽地晃進店裡。雖然我想不起那位歌手長什麼樣子，可是我聽到她唱〈You'd Be So Nice to Come Home To〉。當我聽到那首歌的時候，不知道爲什麼突然想起在世時的老媽還有過去個性很溫柔的海倫．梅芮爾。然後我就哭了。」

說到海倫．梅芮爾，她到底是做什麼的呢？

「她說她是女演員，我想那就像我自稱自己是小說家差不多……」

男人說話的時候，臉上帶著一種難忘的表情。就算事情都已經過去，可能他還是有一點點喜歡海倫．梅芮爾也說不定。

好久不見

What's New

「爲什麼過去的時間就是讓人感覺不一樣呢?」

說這句話的人是一位音樂家，以前我還待在廣告公司的時候，曾經和他合作過幾次。雖然他的專長是現代音樂，可是他也會順手幫廣告配樂作一下編曲。雖然話是這樣說，不過廣告配樂其實是他的主要收入來源，在這個圈子裡面他是大家爭相合作的第一人選。

我們幾乎已經有十年不見，結果竟然在南青山的一家義大利麵店裡相遇。這間店鎖定的主要是年輕客群，提供近五十種的義大利麵和沙拉，照明也像日正當中一樣非常明亮，背景播放稍作改編的爵士樂。

「這裡不知道是怎麼一回事，感覺硬梆梆的，而且都沒有修。」

他指的是店裡面的氣氛嗎?還是義大利麵或爵士樂?

原本我只是想說喝杯啤酒不錯才跑進來，沒想到會看到他自己一個人坐在門口附近的位置吃義大利麵。他吃的是加了蘑菇，淋上白醬那種，乍看之下賣相很恐怖。「呦!」他對我招招手，指指椅子邀我一起坐。女服務生看我只點一瓶Miller的Draft啤酒，擺出一張臭臉。

你剛才說感覺硬梆梆，是說義大利麵嗎？

「沒這回事，義大利麵吃起來香Q彈牙喔。我指的是情緒之類的東西。」

原來如此。我也有想說你是不是在談爵士樂。

「耶，對喔，店裡有在放爵士樂。可是〈Blue & Sentimental〉被改成這樣……貝西伯爵❶自己聽到一定會嚇一跳。如果他現在在現場，他一定聽不出來這一首是他的曲子。」

你剛剛說情緒對吧？人的情緒硬梆梆到底是什麼意思？我問。

「你不要搞錯喔，我這樣說不是在感嘆什麼，只是單純有這樣的感覺而已。不過話說回來，你的問題好像沒有抓到重點。」

聽他這麼一說我才回想起他是我工作至今遇過最挑剔的美食家。他寫過一本涵蓋聖托佩斯❷到熱那亞所有觀光勝地的海鮮餐廳導覽，後來書被翻成法文在書市轟動了一陣子。

爲什麼你會出現在這種店裡面？我回過神來。

「對，這才是你遇到我第一個該問的問題。你看看窗戶旁邊擺的那株垂榕、白

❶ Count Basie，1904-1984，美國爵士鋼琴家、作曲家。被認爲是最重要的爵士樂隊領班之一。

❷ Saint-Tropez，南法的度假勝地。

牆、綴有圖案的霧面玻璃、格紋桌巾……」

嗯，很義大利風。

「雖然一個一個分開來看是義式風格，可是規格、間距、排列方式都不對。這個義大利麵也是一絕，名叫Pasta Funghi Bianca（義大利麵蘑菇白披薩），命名本身有問題，味道當然跟原本的樣子又差更多，我想大部分的人都是在不明就裡的狀況下吃進這些東西。以前啊，捷克解放之前，布拉格有一家中國餐館。後來中俄爆發衝突，捷克境內的中國人全部跑光，那些廚師還是繼續做春捲和餃子，雖然他們根本搞不清楚什麼是中國菜。天花板上掛的吊燈是義大利做的沒錯，可是即使你跑去迪士尼樂園的義大利館，也不會看到這種亮到所有的細節都被蓋過去的店。話說回來，你又爲什麼會跑到這種店？像你這種人遇到京都的鷺或者是布宮伯雷斯❸的小鳥不是都會嫌吵？」

我現在在拍片，我金主的辦公大樓就在對面，而且我只是因爲覺得有點口渴。

「原來如此，那還眞是沒輸。」他停下手中的叉子，嘆了一口氣。

「老實說，我看到一個女的走進這家店。她的名字叫做Kay，在唱片公司的行銷部門工作，長得漂亮、個性坦率，會在溫順的對話中把胸部和屁股貼上來，簡直可以說是當今這個國家的稀有無形文化資產。大約是三年前左右，她變成我第4號情人。

❸ Bourg-en-Bresse，法國東部都市，安省首府。

她知道我已經結婚，也知道我還有其他女人，即使丟下她一個月不管，連電話也都不打喔，她也都完全不會說話。她沒有其他男朋友，只要找她出來，無論多晚她都會好好打扮化妝弄得很漂亮，穿上黑色的絲質內衣跑到我住的地方。後來我交了第5號情人，因爲那傢伙非常非常任性，我有將近半年的時間都沒有辦法顧到Kay，但是Kay還是靜靜等在那裡。你不覺得這種女人很棒嗎？」

我覺得也有一點讓人害怕。

「才不會，一點都不可怕，她眞的是一個好女孩，是沒有道德和自制力的爛男人的女神。不過這樣也很不刺激，因爲不管你做什麼她都可以接受，所以，後來我就放任我們的關係自然消失了。這種像神一樣的女生有點無聊。」

這種女生交給你眞浪費，你會下地獄的喔。

「是啊，我現在就已經掉下去了。唉呀，不過你不要搞錯，我不是要跟你說我感覺自己失去了多麼重要的東西。這種事情太老套。四天前啊，我看到Kay挽著一個男的一起走進這家店，而且笑得很開心。」

那又怎麼啦？一定是交了新的男朋友吧，她不是很漂亮嗎？

「發現Kay那天晚上，我去了一間不可思議的JAZZ BAR，我想不太起來店的位置在哪裡，只記得有一個女生喃喃哼著：

好久不見

最近好嗎？　你一點都沒有變耶

如果要說和過去有什麼不一樣，那就是你看起來比以前更迷人了。聽說你後來和別人在一起，兩個人現在過得怎樣？雖然我們分開之後這麼久都沒有再見面，不過見面感覺眞的很好

難得這麼久不見

我可能還是和過去一樣無聊吧？

對不起，不知道該怎麼說，你看起來好像比那時候又大了一圈

突然跟你搭話眞抱歉

雖然你一定沒有感覺，可是我的心情沒有變

我還是很愛你喔

但是並不是因爲寂寞

我不寂寞

我也……已經有伴了

不知爲何，當我聽到歌聲的時候，瞬間看見了飛逝的光陰——我從Kay的心中漸漸消失，而那個空缺的位置裡面，有一個新的男人身影慢慢浮現。我不知道這個過程究

竟耗費了幾年，對我來說，這種感覺就好像是把兩小時的電影濃縮成兩秒直接灌進大腦。我就這樣看著它。對我來說，這意味著我這個角色在她心中已經死了。因此我才會埋伏在這邊，覺得我必須讓她知道我還活著。」

爲了追求這個目標，他已經持續吃了三天恐怖的義大利麵。最後我問他，如果眞的遇見Kay的話，他到底打算要怎樣？「好久不見，只能這樣打招呼吧。」雖然他這樣回，但是他的臉色微微發青。無論他要怎樣面對，他在Kay心中死去這件事情都無法改變。

柳樹柳樹為我哭

Willow Weep For Me

從來沒有經歷過失敗挫折，被衆人信賴甚至於喜愛，做事比任何人做得更好，玩起來也比任何人更悠游自在……我的朋友K就是這種人。然而無論一個人個性多強勢、表面看起來多麼有自信，這個人也會有不安怯懦的時候，即使他生活中的一切都很幸福美滿令人嫉羨。

那通電話是星期六早上打來的，當時我正在看去年的英國高爾夫球公開賽。我看卡卡維奇亞和葛瑞·諾曼兩人並排，空揮開球木桿，心想如果賭上性命全力擊遠的話到底誰會贏？就在這個時候，電話響了起來。

「你還記得我是誰嗎？」

去年年底高中同學會的時候，我又見到K，我們倆已經有二十年不見。他說話的時候帶有一種英文的腔調，不用報上名號我就知道他是誰。

K大學沒有讀完就跑去美國，從加州大學一路讀到MIT，專攻地球物理。接著他跑去跨國石油鑽探公司鑽研電腦實務操作，最後被美林集團挖角。

「我從來都不曉得衛星偵測的地表組成分析和這五年道瓊工業指數的變化會有關連。」

去年同學會的時候，K就像這樣笑著說。三年前，他從美林獨立，以獨立證券分析師的身分在紐約成爲第一把交椅，最近日本知名證券公司更以特別禮遇的高薪邀請他擔任顧問。

「打電話給你眞是不好意思。」

沒這回事。我應。

高中的時候我們並沒有特別熟，然而K是一個對任何事情都非常積極的男人。我印象最深的是他明明沒有加入任何社團，可是卻擅長所有的運動項目。

「現在你在做什麼？」

在看高爾夫球影片。

「是教學示範嗎？」

不是，是去年的英國公開賽。

「輸的是諾曼吧。」

沒錯，卡卡維奇亞贏了。

「嗯，諾曼眞的很強。相較之下，諾曼輸了還比卡卡維奇亞贏了更讓人印象深刻。三年前的美國名人賽也是這樣。」

他的聲音不是很有精神。

「不好意思想要冒昧問你一下，你以前有沒有過突然陷入焦慮的經驗？」

同學會的時候我說過，去年我剛成立一家公司，背了超乎自己所能負擔的貸款，每一分每一秒都讓我覺得非常焦慮。你說應該和這個不太一樣吧？

「不一樣。」

雖然由我來給你建議有點奇怪，不過焦慮這狀態多多少少是物理性的。只要去洗洗熱水澡、吃吃東西、睡點午覺，做這些事情就可以改善很多。

「我知道，你說的這些我全部都做了。雖然說是焦慮，不過也還不到讓我覺得心裡放不下，或者是感覺很煩惱之類的程度，我覺得比較像是一種沒有辦法忍受自己像現在這樣存在這個世界上的感覺。」

「存在」這個令人懷念的字眼輕輕在我腦海裡迴響。

「或許在你聽來我只是輕鬆自在地在閒話家常，不過這是因爲我和你之間有交情才有辦法這樣。我覺得現在只要我掛斷電話，鋪天蓋地的焦慮馬上就會把我包圍，然後我就會抱著白蘭地的瓶子開始發抖。我爲什麼會打給你，是因爲去年同學會的時候你可以用平等的心態對待我。你知道我說的平等是什麼意思嗎？」

我不知道。我老實回答。

「同學會的時候，我不是說我有自己的私人飛機，放假的時候會跑佛羅里達，如果休長假就會去加勒比海嗎？那時候其他人都會傾向嫉妒或者是尊敬其中一邊，但是只有你保持中性的平等態度。平等是一種比喻的說法啦。」

你指的是一種帶著情感的疏離吧？

「就是這個。老實說，我現在身上這種絕對性的焦慮，是有具體原因的。」

什麼原因呢？

「過度興奮導致的心臟負擔和自我厭惡啊。我先聲明我不是同志，不過我有異常的性癖好，然而也不是做什麼犯法的事情，美國有很多人都用這種方法在玩。日本現在這方面也在進步，只要有錢，就有辦法獲得無限的快樂。」

雖然我不太了解具體的情況，不過大概可以抓到你說的那種微妙的感覺。

「昨天晚上我也是一口氣玩了十六小時，那眞的是單純HIGH過頭，我知道一定是這樣。雖然我在心理醫師那邊徹頭徹尾學會了一套正確的自我辯證法，可是不管我怎麼做，都沒有辦法改善這種瀕臨瘋狂的焦慮。紐約有一間很棒的JAZZ BAR，每次當我被這種無可救藥的焦慮侵襲的時候，我一定都會去。我不是很明確知道它的位置，可能是因爲那些時候我的精神狀態都很糟糕，所以記不太起來。」

那邊有一個女歌手吧？

「你知道這家店嗎？」

我自己沒去過，不過聽人家提過。

「我每次聽她唱，聽到的都是關於平等心態的歌。[8]」

那是什麼歌啊？

「〈Willow Weep for Me〉，是一首把自己的心情寄託在依依楊柳上的歌：

柳樹爲我哭
柳樹爲我哭
那新綠的枝條在風中飄，把我的形影抹消
幻夢悠悠
夏日空擾
風聲細訴
戀愛邪惡的韻事
還有爲女人離去嘆息的詩
夜在呢喃
某些光彩消失的夜晚

沒有任何人愛你，它就這樣對我說
哀傷飄揚的柳樹啊
若你同情我
就彎腰垂下你那新綠悠悠
把我和我的蹤跡抹消不留
爲我落淚
爲我憂……

那首歌的歌詞大概就像這樣。如果那間JAZZ BAR在東京有分店的話就太好了。」

K說完之後沉默了一會，然後掛上電話。我原本想要告訴他：東京也有喔。不過最後還是沒說。像他那樣的人，自己一定可以找到那家店吧。

你翳翳的笑
The Shadow Of Your Smile

「我買了一戶度假社區的房子。那個高爾夫社區蓋在夏威夷茂宜島的卡帕露亞灣旁邊，每戶有兩間房間。」那個男人跟我說。

過去爲了拍片我曾經去過茂宜島兩次。在今天這個寒風颼颼的夜裡聽這個男的談夏威夷，讓我回想起那片一望無際的藍天。突然覺得很羨慕。

我在某間會員制酒吧的吧檯遇到他。男人年紀和我差不多，快要過完三十後半。這間酒吧位於一間超高級飯店的地下，飯店全館配備精緻套房，開幕的時候宣傳做得很大。店內裝修請到知名設計師設計，而且還找銀座老店的酒保來坐鎮，以一種超有派頭的呈現方式大獲好評。這裡的會員名額相當有限，所以年輕人看的情報誌完全不會介紹這邊，再加上店內又禁止攝影，種種特質使整間店瀰漫一種日本非常稀有的「私人俱樂部」氣息。以前和這裡的老闆一起去歐洲的時候不知道爲什麼他非常欣賞我，邀我加入會員，不然像我這樣的年輕傳播公司老闆出現在這裡其實很奇怪。

雖然我並不喜歡這種很有派頭的酒吧，不過如果要談生意，這裡是一個非常棒的選擇。即便我經營的是一間很小的傳播公司，可是只要我招待金主到這種地方來，他們就會信任我。

今天晚上我不是來談生意的。因爲公司會議比原先預期的早結束，我想要讓自己沉浸在悠哉的氣氛裡面，所以就一個人來這邊品味一下大理石吧檯和老酒保沉穩的儀態。和我搭訕的男子也是自己一個人，看起來不像在等人的樣子。

「不好意思，請問您在等誰嗎？」

面對他的提問，我搖搖頭。

「有空和您聊聊嗎？」

最近的男人感覺都很有禮貌，我回想一下，覺得自己也是這樣。

「我在做辦公室自動化的ＰＣ服務。因爲現在電腦功能提升，即使公司規模很大，也不必再用以前那種巨大的商務電腦，個人電腦就已經足以應付。我在做的就是這方面的設計規畫。」

原來如此，我回答。我喝的是加冰的蘇格蘭威士忌，他則是喝加冰的馬丁尼。

「啊，請你不要誤會喔，我沒有要跟你推銷什麼。」

他有點害羞地笑著說。他的笑容帶給我很好的印象。我發現適合害羞微笑的男人都滿値得信任的。到底是爲什麼呢？是少年時代的記憶在發酵吧？會在別人面前逞強的男人絕對不會害羞。

接著，我們開始聊起他的別墅。

「你喜歡打高爾夫球嗎？」

喜歡歸喜歡，只是打得很爛。我答。

「茂宜島的卡帕露亞灣有很棒的球場，我去那邊打了幾趟之後開始想說，如果可以住在這裡的話一定很棒，結果就買了一戶下來。」

我以前也去過那裡，眞是羨慕你啊。

「雖然和日本比可能算是便宜吧，可是那邊一戶還是要美金五十五萬，我眞的是硬買下來的。站在那邊的陽台上有時候可以看到鯨魚。」

你是想要炫耀你的公寓嗎？我露出這種表情。這個男的感覺不太像是那種會藉酒裝瘋，從胸前口袋拿出別墅、遊艇或情人照片炫耀的類型。

「我一直都單身，自己也搞不清楚自己爲什麼會這樣，然後身邊有一個已經交往快要十五年的女朋友，那個女生也是單身，有自己的工作。不過她不是上班族，是在教學生做剪紙人偶之類的手工藝。我們每年會一起旅行幾次，平常也都會固定見面，但是結婚的話題就像是某種禁忌，我們從來不提。雖然可能只是我自己單方面太膽小的問題，可是像是這種情況，不知道別人都是怎麼想的？」

不知道爲什麼就是不想結婚，這種心情我可以了解，我這樣回答他。不過就算眞要結婚，也不用什麼理由。

「這樣說很怪，可是對方好像也覺得沒關係。明明是個男人……可是因爲我自己沒有什麼毅力，所以也沒有想要去追其他的女人。我哥先前和從小一起長大的女生交往五年結婚，後來不是很順利，半年就離婚了。或許這件事情對我也有影響。」

啊，這種感覺我懂。

「雖然我女朋友比我更不在意法律制度，跟我說：『我們永遠維持這樣的關係不是也很好？』可是這幾年我自己開始有壓力。我想，既然她也喜歡高爾夫，如果有一個名目可以打破僵局的話應該不錯……」

所以你才買那戶別墅。

「是啊。我們在年底跑去那間卡帕露亞灣別墅待了一個月，當初買它也有爲了要求婚的意思。因爲我們是第一次這樣一整個月都待在一起，她也覺得非常高興。」

結果發生了什麼不滿意的事情嗎？我看他表情不是很開心，不禁提問。

「沒什麼好不滿意的。卡帕露亞灣那邊的別墅都是專門針對退休老人規劃的，雖然蓋得眞的是很豪華，可是環境很清幽。反正開電視英文也聽不懂，就打高爾夫、看海、吃東西、讀書，從我出生到現在還眞的是第一次讀這麼多的小說和散文。她的廚藝也很不錯。可是有一天，大概是過了兩個禮拜左右，她的笑容開始變得越來越恐怖。」

恐怖？

「我想這種感覺不管再怎樣解釋都很難讓你了解。我們兩個人肩併著肩，看海，然後她笑著對我說：『嘿，好幸福喔。』不知爲何，我突然感覺背上有股涼意流過，全身發抖起來。」

不是因爲太幸福的關係嗎？

「不一樣。你聽過電影『春風無限恨』❶的主題曲嗎？

離開的時候，你翳翳地笑
嘴邊的陰影，把我彩色的夢抹消
你是我所有的愛
我的淚珠點上你的嘴唇，彷彿向遠方出逃
我們兩人的希望之星也越來越遠，越來越高
我只存在於過去
那一切美好的春光舊事都在你翳翳微笑的回憶裡

❶ The Sandpiper。伊莉莎白・泰勒於一九六五年主演的好萊塢經典電影。片中歌曲榮獲當年奧斯卡最佳電影主題曲。

那是拉海納鎮的一間爵士俱樂部。那天晚上，我的女朋友自己回日本，而我去了那間連當地人都不熟的店，一個人聽這首歌。我一聽，什麼都懂了，我和她是透過微笑的陰影連在一起的；當我們的關係在卡帕露亞灣的陽光下化爲現實，一切就結束了。」

他說的或許是一種人生的常理吧？我原本想要告訴他，當欠缺的東西被滿足，有些愛情就會因此結束，他只是強迫自己陷在那片微笑的陰影裡面而已。但是我沒有說。

之後，他幾乎不再說話。

和他道別回家前，我獨自喝著威士忌，回想茂宜島那片蔚藍的天。

比手畫腳
Charade

因爲工作的關係，我常常必須出國。原本覺得路上隨便找都可以找到讓四十歲左右的男人一個人靜靜喝酒的酒吧，可是實際上卻幾乎沒有這種店。雖然說任何一座城市都會有讓勞動階級的中年男子便宜灌酒的店，但只要是稍微雅致一點的酒吧，就都必須要找合適的女伴作陪，成年男子多半也都是和朋友一起。倫敦、巴黎那種私人俱樂部的酒吧裡，雖然會有那種獨來獨往一邊看報紙雜誌一邊啜飲雪莉酒的紳士，但是通常感覺年紀都太老了。

我以前更年輕的時候，會自己一個人跑去偏僻的輕食吧之類的店喝飄著櫻桃的琴酒萊姆，或者是去家庭式餐廳灌啤酒灌到飽；有時候也會去賣關東煮的路邊攤品嘗冷酒❶。

但是最近我有點厭倦這些沒辦法刷美國運通或Diners信用卡的店，或許是因爲我現在已經晉身管理階層的關係，總之就是沒有辦法像以前那麼陶醉。現在我自己一個人在那種地方喝酒完全沒有辦法超脫周圍的環境，會一直感覺到其他人的目光，喝越多越搞不清楚自己幹嘛要一個人跑來買醉。

❶ 基本上放涼的日本酒都通稱冷酒。主要意思有二：第一，冷酒是刻意把酒冰起來放涼或用常溫喝，是一種相對於加熱的喝法。第二，冷酒是一種比較適合放涼喝的酒。

我的結論是，這個世界上根本就沒有那種可以讓四十歲左右正當盛年的男子一個人躲起來喝酒的地方。這樣寫或許有人會想要問：那有服務四十歲上下盛年女子的酒吧嗎？這種事情並不在我的理解範圍之內。我也不知道這個世界上有沒有那種想要躲起來的盛年女子。

西新宿的飯店裡面，有一間名叫「生命之水」的酒吧。那是一個相對來說比較容易藏身的地方。說起來，原本飯店酒吧是個可以讓男人隱姓埋名的地方，然而近年來卻墮落成男人用來勾引女人或者是被女人引誘的場所。可是，「生命之水」保持了純淨的模樣。店裡的燈光比一般的店更暗，故作高雅要派頭的傳統也還很張揚，會鄙棄那種從鄉下來的婚禮散客。看到公司課長等級的中年男子用「所謂眞正的魚子醬……」這種話題一邊替女職員上課一邊遊說她們喝雞尾酒，眞的是讓人感覺既悲哀又有趣。其實女職員對魚子醬和雞尾酒都很內行。最近的女生把飯店酒吧當成是純粹享受喝酒的地方，也很懂淺嘗餐前酒之後再赴宴的西方風尙。大概只有二十歲前半的人會說：「晚餐就在這邊解決吧」，光吃披薩、沙拉或三明治就滿足。

這家店也有人和我一樣自己一個人來，但是大家幾乎都不會相互交談。大家都是因爲喝酒的時候不想要被任何人打擾所以才跑來這邊，所以這種反應也很理所當然。一旦察覺這種氣氛，就會更佩服酒保的功力。他盡可能不打擾客人，除了確認點單之外，幾乎不跟客人交談。

一個人喝酒的時候通常都是一邊回想什麼事情一邊喝，慢慢走到距離感傷只有一步之遙的地方又折回去，再順著喉嚨嚥下一口蘇格蘭威士忌或波本，大概是這樣的感覺。不會去想什麼未來工作計畫之類的。一個人跑來喝酒是因爲自己一直保持積極狀態覺得很累，所以不會去想那些還沒有發生的事。

最近我發現一件有趣的事。譬如說，當我旁觀同事A模仿我們都認識的另一位女性朋友B的時候，他表演的B好像比原來的B更有魅力。

「那傢伙好像又失戀了，所以我先前打了一個電話給她，結果啊，她突然就哭了。我跟她說你光是一直哭，我什麼都搞不清楚，結果她就一把鼻涕一把眼淚說：『那個人每次都這樣。知道他是這種人我還跟他交往，我自己也清楚自己很笨。』」

A當然不是什麼厲害的演員，只是一個在出版社上班的普通上班族。他在對話中模仿失戀B的女性台詞，效果意外的傑出。因爲B小姐也是我朋友，所以我知道本人實際聲音和語調的差別。當A說：「那個人每次都這樣」的時候，我可以想像B說那句話的樣子；對我來說，要想像B邊哭邊說「我自己也清楚自己很笨」也不難。在那想像畫面中，B變得非常有魅力。我想，這種效果或許正是演技的本質也說不定。

有時候也會有相反的情況發生。先前我的情人C小姐用我們共同的男性朋友D的台詞對我說話：「當我跟他抱怨說你壞話的時候，他說：『話不能這樣講，那是因爲他眞的很喜歡你。』就這樣跟我說。雖然我知道你們男人都是一夥的，但是聽他跟我說：『請你體諒一下吧，對他來說，他也一樣感覺很不好受啊。』我的心情就感覺好很多。」

當女生用自己輕柔細膩的聲音說「話不能這樣講，那是因爲他眞的很喜歡你」之類的話的時候，讓人感覺很親暱，感覺好像是從D那邊接收到一種溫柔。這應該也是因爲在無意識之間運用演技的關係吧。

我想起朋友告訴我的那間JAZZ BAR。地點在哪完全搞不清楚。那裡有一個女歌手，唱著爵士經典老歌，似乎可以讓人超越哀傷。「到頭來，一個人到底是否能夠理解其他人呢？」這類的問題在那個地方似乎會悠悠融化。直到目前爲止我都還沒有辦法找到那家店，不知道是不是因爲迎接某個結局的時機還沒有到？

有一個朋友跟我說，當他離婚的妻子生下小孩的那天晚上，他去了那間JAZZ BAR。他聽到的，是〈Charade〉那首歌。

我們比手畫腳表演默劇
像小孩一樣扮演各種表情
遺忘彼此的姓名

我們在默劇中
想像我們的愛
那是任何人都沒有見過的
最棒的舞台
就像雨中煙霧繚繞的，百老匯劇場的最終喝采
然而，不知從什麼時候開始
默劇成了假面舞會
我們無法忍受緊繃的時間，終於開口，戴上假面
舞會結束
燈火淡出
我獨自藉由音樂盒殘留的聲響
藉由那微弱的小夜曲
我
再度開始模仿
即使吹熄地球上所有的燈
我還是

會永遠繼續這齣，你不再現身的劇場

雖然我好像和那間JAZZ BAR距離很近，卻總是擦身而過。究竟要到那一天，我才有機會拜訪那裡呢？

我迷人的小可愛

My Funny Valentine

我第一次來這家店的時候，是被某位非常有名的攝影師帶來的，他跟我介紹說：「那裡可以喝到全日本最棒的螺絲起子。」

雖然我沒喝過全日本所有的螺絲起子，可是這家店的調酒眞的是沒話說。螺絲起子比較適合餐前稍微喝一兩杯，如果吃飽飯身體酒酣耳熱喝這種酒太舒服；既濃烈，又清涼，不知不覺一定會喝過頭。

因爲今天我跟人家約十點，很晚才要吃晚餐，所以想說飯前可以自己一個人先來品嘗一下扎實的螺絲起子。

此外，我也想要跟這裡的店長打聽一下那間傳奇JAZZ BAR的消息。這家店的店長平常一副不慌不忙、怡然自得的樣子，其實美學素養很高。室內裝潢全部都自己親手設計，也很懂日本傳統藝術，當然，也很精通爵士樂。店裡面放的爵士老歌全部都是他自己精心挑選的。更重要的是，他認識很多東京的酒國君子。

「那間JAZZ BAR大概就像我說的這樣，不知道你有沒有聽說過？」

因爲時間還早店裡幾乎沒有客人，所以我趕快把握時機發問。

「有啊，聽客人提過好幾次。」

他身後羅列了好幾百瓶蘇格蘭單一麥芽威士忌，都是他自己去蘇格蘭採買的。我想這裡可能是全世界蒐羅最多威士忌酒款的地方，以前我爲了拍高爾夫球紀錄片曾經去過兩次蘇格蘭，但是即使在當地也沒有見過收藏這麼多酒的店。

您自己沒有去過那家店嗎？我問。

店長聽到我的問題之後，一邊把麥卡倫❶倒進Baccarat的玻璃杯一邊搖搖頭。

不過去過那家店的人應該都有某些共通點吧？

「這麼說來也是，該怎麼說呢……大部分的人都遇到一些不幸的事。不過就算是不幸，倒是沒有人車禍、破產或者是自殺就是了。」

年紀上有沒有共通點呢？

「年輕的大概三十一、二，年紀大一點的大概四十五、六歲左右吧？」

好像每個人說的地點也都不一樣。有紐約、夏威夷、六本木、橫濱、銀座或巴黎的說法，也有人說在布拉格的小巷裡面。

「我聽過的故事都是在東京遇到的。啊，是有一個人說在維也納啦，他是做貿易

❶ Macallan，蘇格蘭單一麥芽威士忌的名酒廠。

的。過去那裡有一間著名的酒廠名叫Golden Triangle，後來改裝成吸引年輕人的酒吧商圈，他說那家店在那邊。」

先前感覺那家店好像也不是誰都能進去。

「那一個去維也納的人好像是把他的女朋友丟在日本的樣子。雖然實際怎樣我不太清楚，可是並不是誰討厭誰之類的，而是出現某種不得不如此的狀況。那個男的覺得他們兩個都已經是成年人，彼此之間又有牽絆，進行物理性的隔離應該是最好的辦法，所以他什麼事情都沒有跟對方說就自己一個人跑去維也納。跑到一個人生地不熟的地方，光是要適應當地的生活就需要一段時間，所以他幾乎都沒有想過他的女朋友；可是一旦回想起來，他就感到相當強烈的罪惡感，更何況他沒有辦法和對方聯絡。三個月、半年慢慢過去，當他開始認爲對方差不多該忘記自己的時候，反而變得很怕被忘掉。雖然說他這樣子眞的是很任性，不過身爲一個男人，我可以理解他的心情。

過了八個月左右，某個晚上他喝酒喝過頭，早上起來精神還是一片恍惚。去公司的時候，他覺得自己的頭快要爆炸，滿腦子都是他女朋友的事。他想，自己已經不行了，無論如何都要打通國際電話跟對方道歉。但是剛好就在那一天，匈牙利和奧地利的國界崩潰，柏林圍牆前聚集了好多好多人；再加上他待的只是一間小小的外資企業，沒有專線可以用，沒辦法在電話線路擠爆的情況之下和日本取得聯繫。」

原來如此。所以他就跑去那間JAZZ BAR了啊。

「那個人什麼事情都不想做了，離開公司，跑去看克林姆❷的畫。或許我這樣說沒有辦法表達得很好，但是就在那個時候，他了解了某件事。」

聽起來好像某種宗教頓悟一樣。

「根據那個人的說法，空洞的內心和填補進去的繪畫之間的關係，就好像是消極和積極那樣。」

這和平常那種……憂鬱引發的廉價感觸應該不太一樣吧？

「他說的和你的意思不一樣。並不是把繪畫或者是音樂拿來代替那些無可挽回的事物，他好像是用一種更數學或光學的角度說這是一種距離的問題。當他看完克林姆的圖之後，就去了那間JAZZ BAR。那裡有一個女歌手，背景是鋼琴三重奏在伴奏，除此之外其他的事情他都不記得了。」

他聽到了什麼曲子呢？

「他沒有說，我也沒有追問下去。」

簡直就像悉達多頓悟一樣，當你察覺到什麼的時候，那間JAZZ BAR就咻地出現了。聽我這樣一說，那位店長似乎開始思考些什麼，靜了下來。

❷ Gustav Klimt，1862-1918，維也納分離畫派大師。

「如果是你去那間JAZZ BAR的話……」店長停卜手中擦拭的Bohemian Moser紅酒杯問我說：

「你想要聽什麼歌呢？」

〈My Funny Valentine〉，我這樣回答。

「果然不出我所料。」店長笑著說。

觸動我心的小可愛
像小朋友一樣，裝大人的小可愛
光是看著你，我就會自然而然笑起來
你那惡作劇般的笑臉
雖然不漂亮，但是對我來說卻是最美的意外
你不像希臘雕刻那樣
你的雙唇看來有點脆弱
特別是在你想訴說什麼的時候
你以爲自己很精明嗎？
不必想要爲我改變髮型，不必爲此費心
讓人心疼的小可愛

請你保持現在這樣就好
對我來說，每一天都是你的日子
每一天
都是Valentine

店長放了查特・貝克❸的版本。查特・貝克也是全神貫注投入在唱。雖然有很多其他的歌手唱過這首歌，但不可思議的是，查特・貝克的男聲最令人印象深刻。

沒有任何一首歌比這首曲子更令人感到安慰。

❸ Chet Baker，1929-1988，美國爵士小喇叭手。

昨天與所有消逝的時間

Yesterday & Yesterdays

「我的好朋友自殺了。」學生時代的朋友對我說。

他進入外資企業的證券公司之後在倫敦待了將近十年，兩年前才回日本。

「因爲我待的那家公司是獨立券商，所以只有我和他兩個日本人。我們在性格方面不太一樣，他比較內向，不過他喜歡酒，所以我們兩個常常一起去喝。」

我們在我公司旁邊的酒吧吧檯聊天，因爲時間還早，店裡沒有其他客人。他一邊喝不摻水的蘇格蘭威士忌一邊說：

「你很了解我，我的神經很大條不是嗎？我是和那個美國女結婚以後才不知不覺走向外資金融企業這條路。但是那傢伙，那傢伙是哪裡人去了，好像以前是住在美軍基地附近的樣子。他是燃料商的獨生子，因爲美軍想要管制燃料，所以某一天就對他們家施加壓力，斷絕他們的進口來源。雖然詳細情況我不清楚，但是他嘴上常常在唸說：『這個世界都是那些少數的有錢人在推動。』」

我常聽人家這樣講，但是實際上到底又是怎樣？我問。

「有眞實的部分，不過也有吹噓的部分。這件事情太複雜了，對你這種毫無概念的人來說，即使我告訴你眞相你也聽不懂。流動的金錢和積蓄的財富是兩種完全不同的東西。回題回題，我那個朋友啊，他從中學就開始針對能源的流通做調查，像是所謂的跨國巨頭啦、七姊妹❶啦、猶太資本啦……他是腦中先有這些之後才抱著一種深入敵陣的決心從事這一行的。他一開始是進American Bank，後來才跑到我待的公司。」

他做得不好嗎？

「別開玩笑了，光提業績他就幾乎是我的兩倍，加上他是礦業股的專家，年薪應該也有將近百萬英鎊吧。」

那爲什麼他要跑去自殺？

「聽我慢慢說嘛。雖然那傢伙單身，但是快要結束三字頭年紀的時候，終於遇到了一個喜歡的女孩子。我先前也見過，大概三十歲左右，雖然我不知道她叫什麼名字，不過她在一間大型的建設公司當秘書。」

長得很漂亮吧？

「嗯。不過近年來漂亮的女生好像都不想要結婚，眞的讓人搞不懂。反正，一開始兩個人相處還不錯的樣子，送花啦、去看電影啦，就像一般情侶那樣在交往。可是

❶ 二十世紀掌控石油開採煉製的七大跨國集團。

有一天，那個女的突然說要跟他分手。」

爲什麼？

「不知道啊。連他都不知道，我怎麼可能會知道。不過呢，簡單說就是他被人家討厭了。女人要討厭一個男人可以找到幾千幾萬個理由，但是喜歡只需要一個理由。」

什麼理由啊？最近流行的溫柔好男人嗎？

「別傻了，就是『想要和他睡』啊。我那朋友受到很大的打擊，他連對方的手都沒牽過。」

所以是因爲失戀跑去自殺啊。

「你就繼續聽嘛。我勸他放棄那個女的吧，不過他不聽，開始做一些蠢事。對那個女的窮追不捨、埋伏等她、帶花去她公司找她，而且每三十分鐘就打一通電話。」

簡直就像是在說「討厭吧！盡情討厭我吧！」

「就是說啊。不管是在能源還是在礦業上，他都只知道要和外資對抗，不曉得要怎樣踩煞車。因爲只有我清楚他的狀況所以只好盡可能忍受他的行爲，有好幾次，我都得去那個女生的公司把他領回來。他跟我說，他被賞巴掌、被警衛打、對方上司跑出來教訓他，還有，對方還故意和別的男生打情罵俏給他看，甚至打電話給我們公司的長官。當他跑去對方家門口等的時候，還被巡邏的警車盤問。」

所以他就跑去自殺了？

「不是這樣啦。某天晚上他怪怪的，突然心情很好，所以我們就一起跑去喝酒。結果他告訴我說，前幾天對方對他做出某件決定性的事，終於讓他完全放棄。如果是我的話，遇到他那種狀況早就放棄了，可是他卻接受人家這樣對待他一整個月。當時我問他，所謂決定性的事到底是發生什麼事，不過他沒有說，只說：『我放棄囉！』瀟灑到一種奇怪的程度。我問他人爲什麼會變這樣，才知道原來在對方做出某件事的那天晚上，他失魂落魄跑去了某間JAZZ BAR。」

那邊有一個女歌手吧？

「是啊。雖然他記不太清楚地點，可是最奇妙的是，他一跨進那間店就馬上原因不明地定下心來。我那朋友點了歌，因爲他對爵士樂完全不熟，所以點了披頭四的〈Yesterday〉。然而，歌手唱出來的卻是傑洛米．肯恩❷的〈Yesterdays〉：

昨天，所有的麻煩看起來都還很遙遠
但是現在他們就在眼前
無論如何都打不開的結突然在我面前出現
喔，我依舊相信昨天……

❷ Jerome Kern，1885-1945，美國流行歌曲作曲家。爲百老匯和好萊塢留下許多經典歌曲。

突然間，身體好像要裂開
混濁的黑影把我覆蓋……
爲什麼她會改變心意
我不了解
她什麼也沒有跟我說
一定是我說了什麼讓她想道別

直到昨天爲止，戀愛都還是一個簡單的遊戲
現在我只期望，待在一個地方讓筋疲力竭的靈魂歇息

因爲那傢伙英文很流利，想說如果聽到這首歌，就會覺得不是自己一個人在痛苦，可以開心一點。然而那個女人唱的卻是〈Yesterdays〉：

消逝的日子啊
那些回憶起來快樂甜美的日子啊
金色的時光
瘋狂的浪漫時光

青春、眞實都是我的
所有事物都沐浴在光輝之中
悲哀、喜悅
相互依偎在身旁

現在一切都空蕩蕩
只有我一個人留下，懷念那些消逝的時光

雖然內容相近，但態度完全不同。當時那傢伙笑著說：『這個錯誤和我眞配。』可是一周以後，他就拿霰彈槍對準自己的嘴開槍自殺了。」

「還有一個謎題沒解開。」我朋友說。

他指的不是女歌手唱錯曲子，而是另外那位女人到底做了什麼「決定性的事」讓他好朋友放棄。我們針對這個話題又討論了一個小時左右，什麼結論也沒有。

回首往事
I'll Remember You

「我去過你說的那間JAZZ BAR囉。」工作夥伴S打電話給我。

我們各自結束彼此的晚餐約會之後，在銀座的酒吧碰頭。

這間酒吧的媽媽桑年紀和我差不多，不過除非我們招呼她，否則她絕對不會嚷嚷「唉呀歡迎光臨」之類的介入客人之間的談話。保持「無動於衷」的狀態其實是一種超高難度的技術，無論你是男人、女人，還是小孩。而她正是裝傻的行家。那種來銀座想要把手放在女人大腿上，或者是想要利用看手相占便宜的酒客都幾乎不會在這邊出現。

「我跑去紐約。」S說。他是一個攝影師，側拍紀錄、電影攝影都做。除此之外，他也處理影像後製、畫油畫，還開個展。

「去了一年左右。啊，我沒有帶家人一起去，他們都留在日本。」

S比我大三歲。過去製作廣告和企業公關影片的時候，我和他合作過十幾次，那時候我們幾乎天天見面。

跑去做什麼，是有工作嗎？

「說是工作嘛，其實是去上學。」

上學？

「我去了哥倫比亞大學。」

是學美術嗎，還是什麼其他的？

「都不是，我是去旁聽義大利建築史。」

義大利建築啊……是接到和建築相關的重要工作嗎？

「我從以前就很喜歡建築，不過你不用想得太嚴重。『我從小就非常喜歡建築，但是因爲工作的關係一直都沒有機會好好進修。現在，我過了四十歲，也存了一些錢，終於實現我的夢想……』不是這一種，拜託。你應該知道從今年開始，私人企業也可以利用衛星頻道播放節目這件事吧？有很多人跟我要畫面，像紐約、波士頓、華盛頓ＤＣ、後面可能還有邁阿密之類的地方在排隊。他們不是叫我一個人用素描簿去寫生咧，是把專業八厘米攝影機交給我，說不管我拍什麼都可以，總之就是拍一點東西給他們。對了，紐約你也很熟嘛！我漫無目的跑去那邊，所以也沒有人邀我去玩，大家都很忙。我自己一個人用八厘米攝影機拍東西，這樣沒有辦法和別人有什麼互動，根本就和遊客差不多。」

所以你才跑去大學？

「那是因爲朋友知道旁聽生還有一個缺跑來跟我說，我才知道這個機會。美國大學旁聽和日本這邊不一樣，不是隨便你愛去不去都沒關係的。不過因爲這樣，我在課堂上也交到朋友。或許人在紐約就是比較適合讓自己處於忙碌的狀態吧？反正去那邊就像這樣，經歷了很多過程。我沒住旅館，因爲衛星轉播商有一間閣樓的房間在曼哈頓六十街，他就讓我去住。那個房間超屌，簡直就像電影場景那樣，有小吧檯、按摩浴缸和三溫暖，房間大到可以開Party。事實上我也的確找朋友辦了好幾次趴。」

你是故意說來讓我羨慕的吧。

「啊，基本上所有的事情都很ＯＫ。當你一個人過這樣的生活，一定會想要找個人炫耀一下吧？」

我懂，尤其是會想要對女生炫耀。

「是啊，尤其是對那些和自己分手的女生更是如此。我還寄過很多明信片給她。你還記得嗎？和你一起四處搞些有的沒的那時候，我那女朋友不是臉看起來有點像混血兒，但是個性又有點迷糊嗎？」

我稍微想了一會，可是想不起來。廣告的拍攝現場會依據不同的商品聚集各式各樣的女生。Model、藝人、從兼職的打工族一直到按時計價的工作人員……我和S都不會特別積極去追那些女生，所以如果有和哪一位交情比較深，我應該馬上就會想起來才對——

「沒關係啦，我自己也差不多快忘了，反正，我有寫明信片給她。後來她回信了，因爲眞的是太久沒有見面，我很想看看她，就叫她來紐約。那時候我有一點焦慮，抱著複雜的心情去ＪＦＫ❶接她。雖然記得她的名字還有兩個人作過幾次愛，可是我卻完全忘記她長什麼樣子。」最後，她搭ＪＡＬ的商務艙來紐約。先前她信裡寫說：「以前覺得只有在夢裡才有機會搭ＪＡＬ紐約航線的商務艙，聽說只有飛紐約的班次是商務艙比經濟艙的座位還要多。雖然我不知道這種說法是眞是假，可是能搭這種班機，眞的感覺自己好像變得像國際級的商務人士一樣。」啊，我可以理解她的感覺。看到她的時候我馬上就認出來了，人果然老了一些，打扮看起來像造型師，米色的喀什米爾外套和她的臉很搭。雖然我心裡帶著輕浮的態度覺得「其實她長得也還好」，可是在這四天當中，我爲她做了完美的導覽行程。帶她去看「歌劇魅影」、吃最棒的義大利餐廳、聽麥考依・泰納❷，也讓她體驗一下不好的藥，最後到Tiffany買項鍊給她。令人驚訝的是，和我在一起的事她全部都還記得，像是我們到底爲什麼會在一起，爲什麼分開，七次約會和作愛的細節她都一清二楚。譬如說第三次約會的時

❶ 約翰甘迺迪國際機場（John F Kennedy International Airport）。
❷ McCoy Tyner，1938-，美國爵士鋼琴家。

候我們約在New Otani飯店的Bud Bar碰頭，喝完Tio Pepe❸之後到神田的壽司店討論「教會」❹這部片。後來，我們去了一間gay bar，和那邊的人妖小世聊峇里島，然後花了一個小時用69式作愛，過程大致如此。在爲她導覽這四天當中，我記憶中的空缺好像都被填補起來。她待在紐約這幾天，我提供吃飯、住宿、娛樂並且附帶作愛招待，結果最後她跟我說今年秋天預定要跟一個小她兩歲的有錢人結婚，然後心滿意足回家了。就這樣，在她回國三天之後，和她第一次親熱的記憶突然鮮明地浮現在我的腦海當中。她整個人喝癱了，而且剛好生理期來……這些先後關係是她告訴我我才知道的，不過我想起她生理期時有一種不知該如何描述的冷漠。從這一點出發，突然間，所有鉅細靡遺的回憶我全都想了起來，不知爲何寂寞到一種……讓人發瘋的程度。最後我在格林威治東晃西晃，就進了那間JAZZ BAR。

我想起
永無止盡的夏天總有一天會結束
到時我將落單，只剩自己獨處
我是爲了回憶才願意受苦

我想起

❸ 西班牙Gonzales Vias公司釀造的，全世界最著名的雪莉酒品牌。
❹ The Mission，1986年的英國電影，獲坎城金棕櫚獎。由勞勃・狄尼洛等主演。

你溫柔的聲音彷彿夏日的微風
想起你朝陽下的戲弄
祈禱某天可以回到你懷中

因爲我想起
我們許的每個願望都是星光朵朵
某一天，你將會愛我
我們約好囉
你也會想起來，一定，會想起我

我聽到〈I'll Remember You〉這首歌很開心，眞的是上了一課。在這個世界上，除了散漫拋棄的過去和食之無味的回憶之外，還有散漫解釋的回憶和棄之可惜的過去……

她很複雜

Sophisticated Lady

我到了久違的紐約。因爲寒流來襲，下午一點的氣溫是零下十五度。然而天空艷陽高照、萬里無雲，街上人孔蓋噴出雪白的蒸氣，很美。

雖然我是爲了跟廣告影片的攝影班底簽約而來，不過在52街的日本料理店簡單討論之後，再去第六街的辦公室把文件簽一簽，所有的事情就都辦完了。

雖然還不知道今後四天到底該做些什麼好，總之，我先買了一本《紐約客》來研究。傍晚五點我幾乎都在麗池．卡登飯店的Jockey Club Bar晃，雖然馬路上颳著刺骨的寒風，可是因爲氣候乾燥，喝啤酒還是很舒服。我一邊啃鹽炒花生，一邊查百老匯、歌劇、美術館、JAZZ CLUB、電影院、麥迪遜廣場花園體育館……的一周活動。我很喜歡每次剛抵達紐約的這個時候。

要不要再看一次「歌劇魅影」呢？可是「BLACK & BLUE」❶也很讓人心動。如果拜託東京代理商幫忙，或許可以弄到「Grand Hotel」❷入場券。電影的話，奧利佛．史東

❶ 一九八五年巴黎首演，描述一二次大戰期間法國黑人文化的音樂劇。後來由百老匯再度製作，獲葛萊美獎、東尼獎最佳編舞、最佳服裝等大小獎項。
❷ 原爲Vicki Baum於一九二九年撰寫的小說，曾多次改編劇場及電影。這裡指的是一九八九年改編的百老匯音樂劇，曾獲東尼獎最佳導演及其他十二項提名。

的新作「七月四日誕生」是一定要看的，「夢幻成眞」❸感覺也很不錯。祖賓．梅塔擔任音樂總監的紐約愛樂邀請波里尼❹合作，將會演出「皇帝」；還有，我也想去看看RCA大樓用Art Deco❺風格裝修的那家Rainbow Room舞廳。麥迪遜廣場花園有NBA和冰球可以看。除了這些之外，還有一輩子都吃不完的餐廳；如果想要放縱一下，口袋又滿滿的話，也可以盡情享受不良誘惑。這樣一想，不禁讓人覺得自己可以爲所欲爲，眞的是什麼東西都弄得到。不過或許是因爲年紀大了，我不像十年前那樣從早玩到晚了。以前愛滋病還沒開始流行的時候，我經常在市中心的Disco舞廳裡面混，鬧那些小姐，遊走在gay bar和SM俱樂部之間直到東方既白。

我和C約在這家酒吧見面，這時候他終於出現了。他和一個德裔美國女生結婚，已經在紐約住了十四年。去年他的夢想終於實現，當了電影製作人。

C點了一杯馬丁尼，問我說：「你想好要去哪裡了嗎？」

「總之，我原本是想要先去中國城吃魚翅和鮑魚，然後聽爵士樂。可是那邊的店好像都沒有什麼好樂手。」

「要聽爵士樂的話，在日本聽環境應該比在這邊更好吧？」

「Blue Note是有開分店啦。」

「樂手不是都跑到日本去了嗎，那邊薪水比較高啊。而且市中心的爵士俱樂部

❸ Field of Dreams，一九八九年由凱文柯斯納主演的好萊塢電影。

❹ Maurizio Pollini，當代最重要的鋼琴演奏大師之一。

❺ 裝飾藝術（Art Deco）是一種盛行於1925-1940年間的國際風潮，從建築、室內設計、工業設計開始一路延伸到時裝、視覺藝術、繪畫、電影等領域。特色是用幾何圖形展現美感，但是變化並沒有一定的規則。它是許多藝術風格的混合，結合了新古典主義、立體派、未來主義、新藝術、現代主義等等。裝飾藝術這個名字起源於一九二五年巴黎萬國博覽會（International Exposition of Modern Industrial and Decorative Art），和許多當年流行的藝術風潮最大的不同是，它完全沒有理論背景，只是一種純粹的視覺裝飾風格。美國紐約的帝國大廈和克萊斯勒大廈可以說是最著名的代表範例之二。

幾乎有一半的觀衆都是日本遊客，搭公車就知道了，在車上就會有人用日文興奮嚷嚷說：『哇！終於到紐約啦！』啊，列斯．波❻每個星期六會在『Fat Tuesday's❼』表演，去那邊還不錯，不然他可能哪一天就走了。」

「我星期五就回國啦。不過聽你這麼說，上次我去『Fat Tuesday's』聽查特．貝克，之後他的確是很快就過世了。」

結果我們最後跑去中國城伊莉莎白街的海產店，去吃C推薦的世界魚翅冠軍，然後跑去一家上空酒吧。那家店在二十八街，叫做「Billy's Bar」。從華爾街的菁英分子到港灣工人，當地各種不同階層的人都聚集在這裡，看不到什麼觀光客。我想這裡薪水應該不錯，舞者們都很活潑，整家店散發著一種開放的氣氛。

有一個褐髮女孩正在配合路．瑞德❽的歌扭腰。正當我注意到她的大腿和小腹有贅肉的時候，C說話了。

「你以前不是迷上一個女的嗎？皮膚很白，金頭髮很漂亮那個。第一次看到她的時候她穿斗篷，鼻子很尖，而且只喝香檳。」

那已經是四、五年前的事了。當時爲了拍廣告在紐約待一個月，我天天跑酒吧找那位穿黑斗篷的女孩，連續去了兩個禮拜；除了給她很多小費之外，每天晚上我還會帶花、巧克力或者是一些小飾品去送她。紐約上空酒吧有個慣例，每天晚上尋芳客都

❻ 原名Lester William Polfuss，出生於1915年，美國爵士吉他手、發明家。他發明了實心電吉他Les Paul，也是許多錄音技術譬如疊軌（overdubbing）、多軌錄音、延遲（delay effect）等等的先驅。

❼ 紐約曼哈頓區著名的爵士俱樂部。

❽ Lou Reed，1942-，美國搖滾音樂家，The Velvet Underground樂團作曲與主唱。

可以帶禮物送給自己的意中人。那時候我覺得這種模式很好玩，自己樂在其中，並不是因爲迷她所以才特別這樣做。不過，她在舞群中相當突出，年輕又漂亮，所以我也遇到很多競爭對手。譬如說，有個身穿喀什米爾西裝的紳士時不時就出手二十美元甚至是五十美元的小費引人側目，也有很多男人會僱用加長型房車引誘她一起去約會。

「你那時候說那種女生一直被男人寵，一定超級任性，所以最後說要放棄收手，是這樣沒錯吧。」

「唉呀……因爲她實在是太招搖了啊。」

「其實根本就不是這樣。我一個月之前在東村遇到她，和她稍微聊了一下，她是匈牙利人，而且已經結婚。她的生平簡直就像是「天堂陌影」❾的情節一樣。一開始她是去讀布達佩斯的芭蕾學校，後來投靠親戚來美國，什麼都不懂。因爲她那個親戚也沒什麼錢，所以她才跑來這種地方工作。總之她以前很想要找一個溫柔又個性和善的人結婚。雖然她現在都已經抱小孩了……可是眞的是可以用純樸這個詞來形容她。」

「我沒有跟她聊過天。」

「唉，你眞是糟蹋機會。」

「說什麼糟蹋，我也沒有辦法和她結婚啊。」

❾ Stranger Than Paradise，一九八四年由吉姆．賈木許自編自導的電影。

「可是如果你讓她感覺到有結婚的可能性，或許你就有機會成爲她的入幕之賓啦。」

如果當時下定決心留在紐約，和那純眞的、彷彿畫中走出來的脫衣舞孃陷入熱戀的話，或許就有機會去那間傳說中的JAZZ BAR了吧。那時候也一定會聽到艾靈頓公爵的名曲吧：

大家都在說，那個女人還很小
無所不知無所不曉，愛火被點著
你的眼底深藏幻滅，因爲你知道
愛情一瞬　就退燒

絕配酒和菸
不考慮明天
人生茫茫　鑽石亮亮
找伴跳舞　吃飯賞光
除此之外　啥也不想
大家都在說　雖然大家這麼說

可是我知道眞相
你失去了　內心的重量
無可替代　只能淚眼汪汪
複雜的女人啊
就是這樣

即使吹熄地球上所有的燈

我還是

會永遠繼續這齣

你不再現身的劇場……

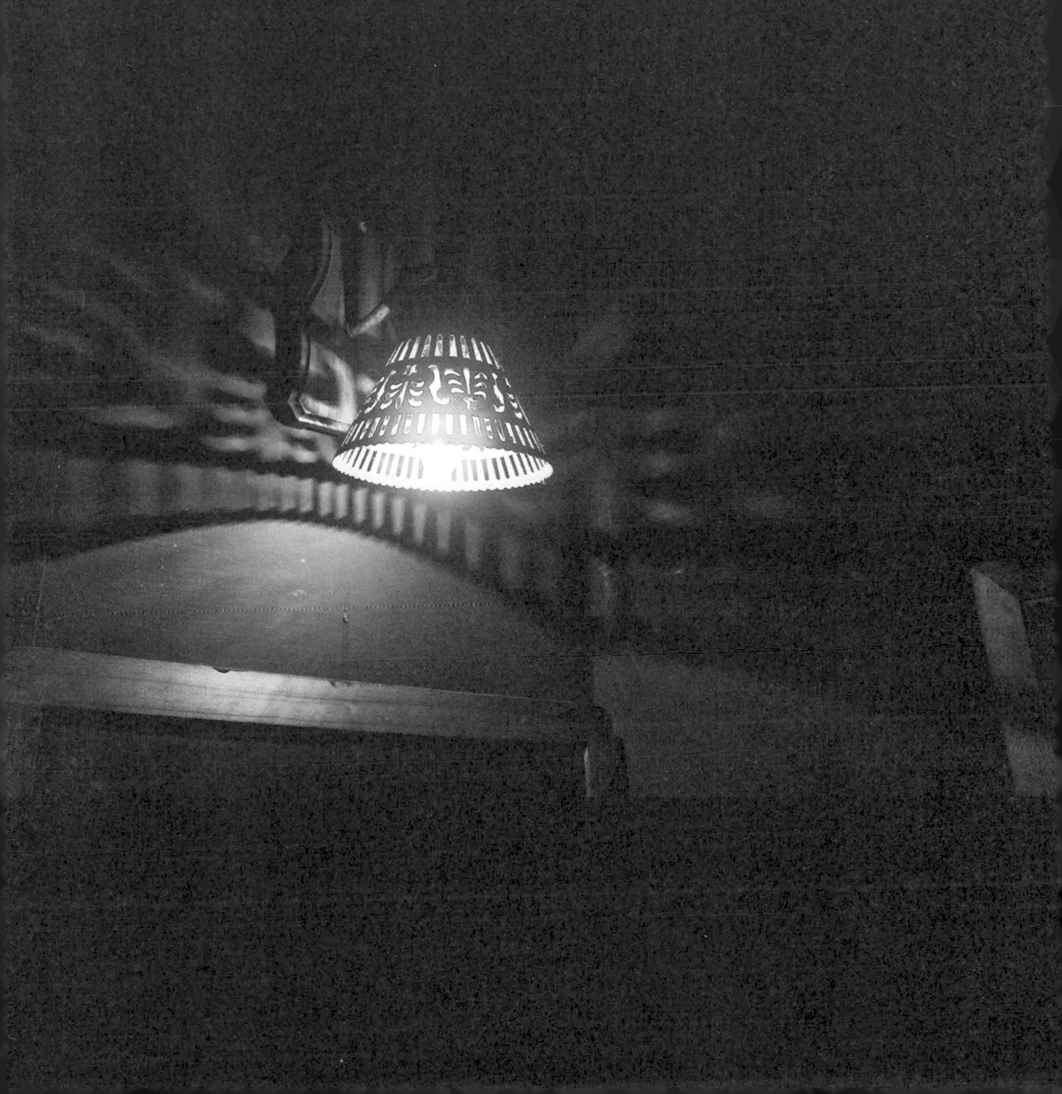

輕輕湊近你的耳鬢
Cheek To Cheek

看人跳舞很有意思。

即使只是看一對老夫老妻在陳舊旅館的舞廳裡緩緩漫步，感覺也很不錯，一樣會讓我有種解放的感覺。然而這也讓我常常反思，爲什麼外國的老夫老妻可以那麼快樂地跳舞？

待在紐約的第三天，我和老朋友S碰了面。我們先一起去看音樂劇，然後在Algonquin飯店的酒吧喝酒聊天，討論老夫老妻的舞蹈。S大學和我不同校，當時我們是室友，常常一起喝酒天南地北閒聊。他媽媽來找他的時候，他都會把帶回家的女生藏到我房間去。那個女大學生雖然只在我的房間住一晚，卻想要勾引我說「她好寂寞」。我沒有理她，反而勸S說：「那個女的有問題，趕快跟她分手比較好。」當初S深陷其中，沒有把我的話放在心上，可是後來他發現那個女的接二連三和律師或醫生的小孩有來往，才終於了解我是對的。

S 23歲的時候通過司法考試跑去耶魯留學，之後就繼續待在國外，在紐約當律師。每年我們大概會通信一兩次。在我所有的朋友中，我也只會跟S這樣通信。有時候我會送他京都的醬菜，他則會送我緬因州的龍蝦。

「日本人都不跳舞的嗎？」S問我。

「我幾乎沒看過。」而且日本根本就沒有提供任何場地讓老夫老妻跳舞。

「是不是只有日本人不跳舞啊？」

S慢慢穿上訂做的靛色西裝。不用摸，光看那光澤就知道是喀什米爾羊毛做的。

「應該不只日本人這樣吧。」

「中國人一定不跳，韓國人也不會跳吧。」

「這麼說來，印度人也沒在跳，伊朗人、摩洛克人也都不跳。」

「紐幾內亞人雖然會跳，但是跳的是另外一種東西了。你有看過黑人跳舞嗎？」

聽他這麼一提我才發現我沒見過。如果是搭配傳統音樂，譬如雷鬼、森巴或者是黑人靈歌搖擺身體踩踏腳步這種我是有看過，不過應該是從來都沒有見過黑人跳貼面舞。

「你看這樣一想，只有一小部分的老夫老妻會一起跳舞。」

都是白人。我答。

「與其說白人，不如說是拉丁人。像西班牙人，或者是義大利的市井小民之類的。希臘人會把手牽起來，也是很會跳，不過跳的舞不太一樣。法國人的話就會跳貼面舞了吧？德國人不知道怎麼樣？我也沒聽說過有俄國人喜歡跳貼面舞。」

那麼，那些跳舞的人到底都是從哪來的呢？我總覺得在很多地方看過白人的老夫老妻在跳舞。譬如說在新加坡的萊佛士大酒店❶，或者是南法坎城的奈格斯哥旅館❷、夏威夷的喜來登……

「他們眞的都很開心嗎？」S喃喃地說。

我覺得他們看起來很開心……

「可以開心跳舞，或者，沒有辦法開心跳舞……如果我們把這兩件事情換一個說法或許可以改成這樣：只要沒有辦法開心跳舞就沒有辦法維持兩個人的關係，或者，就算不開心跳舞，兩個人依舊關係不錯。這表示說，日本人或者是其他絕大多數的人類即使年紀大了，不跳貼面舞也無所謂。」

不用想到那麼偏激吧？明明就有很多打從心裡享受跳舞的白人老伴成雙成對在跳……

「都是一些寂寞的美國人啊。」

以前吉姆．莫里森❸唱過：孤單的時候也會覺得別人看起來很孤單。我說。

「那首歌很不錯，我也知道你的意思，只是對我來說，我認爲不管是貴族的社交舞還是野蠻人搖屁股的民俗舞都只不過是一種性行爲的模擬罷了。」

❶ Raffles Hotel，新加坡著名豪華旅館，擁有輝煌的歷史，眾多世界名人都曾經在此下榻。
❷ Hotel Negresco，位於法國尼斯的豪華百年老店。
❸ Jim Morrison，1943-1971，美國樂團The Doors的主唱。

也有一些年輕人把迪斯可當成是一種運動啊。

「在舞廳跳舞不必和別人發生關係吧，主要是自我陶醉。話說回來，你眞的是讓人搞不懂，怎麼會有人爲老夫老妻跳舞感動咧？」

S的太太是美國人，我原本想問他：「你都不會和你太太跳貼面舞嗎？」但是想想還是算了。他沒有小孩，因爲太太身體不好，每次都流產。

以前通信的時候，S曾經對我說：「我太太受到很大的打擊。我不想看她這樣，就跑去西印度群島玩，周遊在最豪華的旅館之間，每天晚上都找不同的人跳舞……」

爲什麼會這麼棒，簡直就像身在天堂
我的心興奮到沒有辦法靜下來說話
長年來尋找的就是這個感覺吧
我這樣想
湊近你的耳鬢一起跳

我總覺得自己個性優柔
各式各樣的不安、內心的擔憂
就像賭徒錯失時機那樣溜走

湊近你的耳鬢一起跳

我的嗜好是爬山，也很喜歡去釣魚
不過那都是多餘，無法和此時此刻相比
拜託，請和我一起跳
你的臂彎　你所有的魅力好像都在我身旁閃耀
當我湊近你的耳鬢一起跳……

〈Cheek To Cheek〉這首歌眞的好美，每個人都經歷過那一種心思雀躍的時光。如果兩人之間懷抱著某種溫暖，不論女人幾歲，都還是會想要和老伴一起跳舞吧？長年相處之後和老伴跳舞就不再心動，這種事情只會發生在男人身上……我這樣想，可是最後還是沒有告訴他。因爲S他啊，已經離老夫老妻一起跳舞這個話題越來越遙遠了。

再見
Good-Bye

「只要某件重要大事發生，晚上那間JAZZ BAR可能就會開門。」地點：曼哈頓上城區七十一街一間雅致的酒吧裡。談話對象：我十幾年來的老朋友，電影製作人C。

「去過的人都說有一個女歌手唱著像麻藥一樣讓人放鬆的歌。而且更不可思議的是，每個人都沒有辦法回想起那間酒吧的位置。有人說在曼哈頓、也有人說在六本木……維也納、茂宜島、銀座、新宿、布拉格或者是巴黎這些地方統統都有人說。」

C聽我說完之後，喃喃自語重複：「像麻藥一樣令人放鬆……」哼的一聲發出冷笑問我：「你有用過藥嗎？」

以前念書的時候有吸過大麻之類的。

「大麻根本就不算藥。即使是在日本，麻藥管制法和大麻管制法也是分開來的。」他焦躁地說。

幹嘛這麼不耐煩啊？

「我底下有一個直屬員工一直戒不掉古柯鹼讓我很頭痛。他工作很沒有效率，而且有時候大白天就在工作室裡面呼呼大睡。他是極少數了解我工作方式的人之一，所以也沒有辦法把他辭掉，眞叫人傷腦筋。」

雖然我以前聽人家說美國麻藥問題很嚴重，沒想到還眞是如此。

「你說你沒想到是什麼意思？」

古柯鹼問題最近在日本也炒得很熱啊。我話才說完，C又冷笑一聲。

「熱什麼啊？這些媒體眞的是讓人覺得很白目，日本的狀況大概只是美國的幾萬分之一而已吧？聽好啦，每個美國人都知道古柯鹼對身體不好，但是吸的時候很爽。當你吸太多睡不著，心臟咻咻哮喘的時候你會發誓說你再也不碰，但是因爲要買實在是太容易了，不久你又會開始繼續抽。西班牙哈林區那些雜貨店櫃台就有在賣，也有古柯吧那種提供各式各樣古柯鹼加工物的店，會附盤子和工具讓你一克兩克這樣吸。這種麻藥就算你想要戒也戒不掉，就我所知，要戒只有四種方法。第一是你被人家送去醫院接受人工呼吸，親身體驗心臟暫停、手腳麻痺之類的恐怖經驗。第二種對於習慣用藥的人可能沒用，就是設法獲得比古柯鹼還要興奮和滿足的工作。第三種是被逮捕拘留到鄉下地方的勒戒所，讓你去到完全沒有辦法碰到藥的地方。第四種就是你掛了，再也不用吸了。」

聽他這樣一講讓我有點畏縮，不再吭聲。

「你好不容易才來紐約，結果我把氣氛搞冷了，眞不好意思。」

C續了一杯伏特加馬丁尼，調酒師回他一句「Wonderful!」用餐區到吧檯這邊亂哄哄擠滿了人，顧客西裝有九成都是喀什米爾羊毛做的。

「只要一間酒吧或餐廳紅了，大家就都會想要跑去那邊喝酒吃東西。只要顧客一點調酒，酒保就用歐洲風格叫聲『太棒了！』唉，大家都很寂寞。這樣說穿了其實很無聊。話說回來，那間讓人安心的JAZZ BAR，你會想要去看看嗎？」

我也不清楚哪。不過我想我可能沒有辦法去。

「爲什麼？」

因爲我很膽小啊。剛剛聽你說完以後，我就想說今後絕對不碰古柯鹼。像是和女人有關的事情，我也常常沒要辦法跨過那條線。

「騙誰啊，什麼跨過一條線，有時候光是握對方的手就跨過那條線了不是嗎？對於某些人來說，綠茶可能比古柯鹼還要更HIGH咧。」

話是這樣說沒錯啦。

「簡而言之，這是道德問題啊。到底你把自己的道德感設定在什麼程度，而且不要讓這種態度影響和你在一起的女人太多。我們問的是『你很想去』或者是『不想去』，這樣問題才成立嘛，根本就沒有『不能去』這種選項。你這樣太不道德了。」

你在美國待太久變得這麼講邏輯啊。我覺得自己被逼到死角，不禁回嘴。

「這不是邏輯，是事實。」

C笑著說。我們都靜了下來。

「你現在在想什麼？」

以前的女人。

「我也是。」

我們兩個把馬丁尼一飲而盡，相視而笑。姑且不論到底是想去還是不想去，C又開口說。

「有一首歌我絕對不想在那間JAZZ BAR聽到。那個女歌手唱的歌不是都會和你人生中的關鍵時刻有關嗎？」

是啊。這麼一想，我也有絕對不想聽到的歌。我們想到的是同一首曲子，是在「with Clifford Brown」這張經典專輯最後，Helen Merrill唱的那首……

我絕對不會忘記你

絕對不忘記

而且

我們約好，今後心愛的人改變

即使離別的時刻出現
我們也不要跟對方說
「再見」

不假思索的約定
語言的遊戲
這些都已經過去
你全都忘了，和嘆息聲一起
「我已經厭了」
簡單一句就平息
如果這麼做
事情就會更容易

現在，我們各自生活
你走在令人暈眩的斷崖上
我選了低低的海邊

這樣很好，我眞的不怨
但是
當你離開的時候請吻我
說聲「再見」，親我的臉
說「再見」
「再見」

這種女人最賤了。我們異口同聲說，然後一起陷入沉默。突然間，我覺得或許大家去那間JAZZ BAR就是會聽到自己最不想要聽的歌。

和我不合
But Not For Me

紐約電影製作人C介紹了一位名叫David的朋友給我。我們約在下東城一間日本料理店，這家店開在一條詭異的巷內，不禁讓人懷疑這種地方怎麼會有客人來。

店是David的，每個禮拜只有星期五、六才營業。他是日本料理的深度玩家，曾經在京都學了四年。以前他曾經擔任過臨時主廚，服務派駐紐約的證券公司老闆，還在哥倫比亞大學擔任日本飲食文化的講師，可是他一直都無法拋棄開餐廳的夢想，所以最後才選在這個超級前衛的地方開店。

雖然他對日本料理很投入，又是有錢人家的二少爺，可是他不想要到上城區或格林威治村開店。

爲什麼？我用日語問。David說話的時候總是非常謹慎，使用的日語極其正式，簡直帶有一種皇家風範。

「上城或格林威治村有很多日本人，富裕的商務人士在那裡，身上幾乎沒錢的學生或者是失業的人也在那裡。對於他們來說，無論懷石料理❶的價格多高，他們都會覺得『唉，日本料理沒辦法』，拚命吃拚命吃。就算是去市中心

❶ 源於茶道待客菜餚的一種日本烹調方式，現今爲日本高級精緻料理的象徵。

便宜的店吃豬排飯，他們也會覺得『唉，日本料理沒辦法』，拚命吃拚命吃。我不想要這種人到我的店裡面來。」

這間店的名字叫做「TANIZAKI」，名字取自David心愛的谷崎潤一郎。這間店並列在古柯鹼和快克的攤販之間，位於下東城的小巷深處。無論你是日本商人、遊客，還是學生，只要你英文程度不夠好，又不敢跨進紐約的蠻荒之地，就沒有辦法到這裡。

那你希望什麼樣的人來你的店呢？我問。

除了我和C之外，店裡還有其他兩組客人。有一個妝化得很濃的日本女人和幾位朋友一起來，她看起來像是那種已經在紐約待十年以上的那種人，和各種膚色的男人睡過，所有種類的藥也都嗑過，而且至今依舊在國際知名的銀行上班。另一組人看起來像是剛在紐約開分公司的北非法國人。

「嗯……應該是那種不會把日本料理特殊化的人吧。」

特殊化？

「就是超越比較。大部分的日本人都不會把日本料理和世界各國的菜色並列，當成是諸多烹調方式之一。」

可是法國人也認為法國菜超越一切啊。

「那是以法國文化整體來作思考，並不是把法國菜本身當成什麼特殊獨到的東西。法國菜有超級貴的菜色，但那是基於一種自豪的驕傲，想要提供客人享受最優質的食物。可是日本人不一樣，他們標價的時候不是基於自豪的驕傲，而是基於日本料理很特殊，進而哄抬價格。」

David說的確實沒錯，我坦率承認。之後，我們繼續討論日本自認自己很特殊的話題，聊到若是日本和美國的摩擦越演越烈，日本究竟會以什麼樣的方式在這個世界上孤立。

說到這個，C開口打了個岔。

David好像去過你說的那間神奇的JAZZ BAR喔，C不懷好意奸笑。David害羞得臉都紅了。

「雖然我今年三十二歲，不過去年還是花了一個月左右的時間待在日本。當初我是想學奈良和北陸的菜色，可是後來發現他們基本上都還是算京都菜，讓我有點失望。」

說金澤的事啦，C催David說。

「好。有人告訴我金澤是一個非常棒的地方，不過他們的烹調概念完全沒有超出京都菜的範圍。那邊螃蟹和蝦子非常棒，可是我更期待的是和京都不一樣的價值觀。

當時我爲了作烹調的實地考查，認識了一個女人。」

C說：「好像是美女喔。」

「嗯，她很漂亮。」話說到這邊，David第一次鬆懈下來轉換成口語的語法，那種正式的日語突然垮了下來。他說，他眞的是被煞到，無論如何就是想要和她打一炮。我們聽了大笑。

「而且啊，雖然她已經有點年紀，卻還是女大學生，而且說她正在學九谷燒❷。那個時候因爲我內心波濤洶湧，結果開始胡言亂語，說我老爸在緬因州有十幾間巨型超市，以前我讀耶魯大學，網球和滑雪都是職業級的，還有我哥是東岸著名的法拉利經典跑車收藏家等等等。可是我說的全部都是事實。那個女生正到讓我覺得自己高攀不上，甚至自認自己身爲日本料理研究者這種身分很土氣。」

C吐槽說：「結果他這樣反而被人家嫌。」

「『你眞的很不錯，But not for me』雖然簡化來說是兩人的關係不平衡，但我覺得並不是這樣，主要是因爲我只顧著拚命自我宣傳，太過多嘴不知節制。明明我日文都已經運用自如，而且還學了那麼多日本文化，一旦遇到攸關本能的狀況卻還是變回美國人，感覺自己眞是蠢斃了。眞的是心情跌到谷底。後來我好像是在京都四條河原町附近走進一間奇怪的JAZZ BAR，看到一個像是『藍絲絨』❸裡伊莎貝拉．羅賽里尼的

❷ 日本著名的彩繪陶瓷，是石川縣的代表工藝品。

❸ Blue Velvet，大衛．林區於一九八六年自編自導的電影，帶有黑色電影和超現實主義的風格。

女人正用慵懶又溫柔的女聲唱歌。」

雖然世界上有許多文辭並茂的情歌
但和我不合
星光閃耀著幸福快樂
但和我不合
愛情指引我一條行進的路
我卻自己躲進灰色的雲靄
現在，就算是俄羅斯的戲也不會這樣安排
我自己也覺得自己很呆
但是卻沒辦法改
啊啊，眞悲哀
但我一定又會做一樣的事
我沒辦法忘記和那人接吻的片刻
直到現在，我還是認爲那無處可得
但是那個人也一樣
和我不合

「我輸了，用美國人的表現方式，終究會被日本高雅的、女性化的方式拒絕。」

雖然我心想：光是這種程度，那間JAZZ BAR也會開門讓人進去嗎？然而對於充滿自信，認爲自己對日本文化無所不知的David來說，或許他受了很重的傷也說不定……

你離開的話，世界就完了

The End Of The World

「我去過那間JAZZ BAR。」那位奧地利電影導演說。

他叫海因茲，是紐約電影製作人C的朋友。過去因爲廣告工作的關係，我也曾經和他合作過兩次。我們好久不見，終於在C那間位於第五大道與18街交口的閣樓碰面。

「你記得嗎？我曾經看型錄買過中國女人。」

雖然海因茲的影像感超乎尋常，但是他的性格也不正常。有人說那是因爲貴族後裔近親結婚生下他的關係，也有人說是因爲他嗑太多藥。他生著一頭金髮，端正的容貌與自我毀滅的生活方式在紐約吸引了很多女性粉絲，但是他完全不在意。他說白人女性太任性，所以最後用當時流行的相親型錄來找結婚對象。

從C的閣樓可以看到帝國大廈。最近我一直在思考從布魯克林的The River Café❶或三區大橋❷眺望曼哈頓的感覺。如果把帝國大廈和克萊斯勒大樓這兩棟從曼哈頓的摩天大樓群當中抽走的話，曼哈頓帶給大家的印象應該會減半吧。雖然世貿中心的雙子星更高，但是無法和這相提並論；如果帝

❶ 位於布魯克林橋墩處的五星級觀景餐廳。
❷ Triborough Bridge，連接皇后區、曼哈頓和布朗克斯。

國大廈和克萊斯勒大樓不見的話，總覺得紐約就不像紐約了。美國大都市的市中心一定都有摩天大樓群，無論是洛杉磯、芝加哥、達拉斯還是邁阿密，連紐奧良都有。正因爲帝國大廈和克萊斯勒大樓矗立在那邊，才顯出紐約分外不同。這兩棟建築物都是一九三〇年代經濟大蕭條的時候建造的。在那個舉世失業的年代，或許工資被壓得非常低也說不定。話說回來，迪士尼的動畫也是在經濟大恐慌的時候鞏固一席之地的；因爲勞力很便宜，所以才有辦法完成那麼美麗的動畫作品。帝國大廈和克萊斯勒這兩棟大樓也一樣，美得鶴立雞群。

海因茲好像是喝了威士忌還是嗑了其他藥正在HIGH，可能是古柯鹼、海洛因或是搖頭丸。他以前曾經吸食ＬＳＤ過量，愛上奇異牌冰箱，抱著冰箱一起上床生活三天，眞的是一個怪人。

「是嗎？我沒跟你說過嗎？雖然聽起來很像在吹牛，不過你應該知道當年我待在維也納的時候，曾經和一個日本的有錢大小姐交往，那個彈鋼琴的……耶，你不知道？我和她在交往啊！雖然說最後她那有錢的老爸把她帶走了。一般而言，日本女生不知道爲什麼都很聽話。我們剛開始交往的時候，約在維也納黑死病紀念柱❸前見面，但是我那天因爲違反交通規則被抓遲到四小時。發生這樣的事情，她竟然還是等在那邊，你相信嗎？她等了四個小時喔！如果是奧地利的女生的話，連四分鐘都不會等

❸ Pestsäule，一六七九年維也納爆發激烈的黑死病流行，神聖羅馬帝國皇帝利奧波德一世向天祈福，下令興建此柱。歷經多位雕刻家耗費十四年才完工，是維也納最重要的公共雕塑之一。

你，美國的女生連四秒都不會等。我眞的被她感動到了。」

「這可能和膚質有關。以米作主食的民族皮膚都非常柔順，雖然也有搗碎作餅的烹調方式，不過這個西方人大概不懂……」發表觀點的C自己是和日耳曼女人結婚，他太太的皮膚粗粗的，手腳都生了硬硬的金毛。

「若是要討論膚質的話，中國人是世界第一，細密到連擦汗都好像可以牽絲。先前我看的相親型錄上面，主要刊的是菲律賓、泰國和越南的女人，但是我覺得這些女人身上帶著越戰的氣味，感覺很不舒服。後來我看到幾個逃亡到越南的中國女孩，就設定其中一位當目標提出申請。申請書上只要塡美國運通銀行的卡號就行了，眞的很不錯。因爲那個女生住在洛杉磯，所以我跑去西岸接她，還特地穿西裝去。她在洛杉磯的凱悅飯店大廳等我，身穿旗袍，兩條細細的腿併攏在一起。那天晚上我們用騎乘位作愛，我說：『我是第一次和東方女人作愛，以前從來都不知道作起來感覺這麼舒服。』那是我說的第一個謊。之後一年半之間，我說了各式各樣的謊。那個女生名叫Rei-Li，完全不懷疑我說的任何一句話。在這段期間，我和一個中國女人跑去加勒比海，甚至還跑去東京和另一個在維也納認識的日本女孩見面。Rei-Li從小生長的環境好像把她教養成只要喜歡上一個男人就絕對不可以懷疑他，不知道你們的老婆都怎麼想？C是和德裔美國人結婚，你太太應該是日本人吧？她很相信你吧？」

海因茲向我發問。雖然我想跟他說多謝關心，你的好意就免了，但是我不知道這種感覺到底應該要怎樣用英語表達，所以我回他：不管是美國女人還是德國女人，面對信任的態度都是一樣的。

一個被雙親用心呵護長大的女生，只要成長過程當中沒有遭人背叛的話，不論國籍是哪裡都應該會變成一個溫柔的女人。況且戀愛這種概念是十九世紀浪漫主義發展出來的，過去的時代或許沒有相親型錄，但是對於女人來說，她們沒有辦法先經歷交往過程再決定是否要結婚，除了相信男人之外也別無他法。所以其實你並不是用什麼特殊的方式結婚，反而非常傳統。

「我知道啦。」海因茲坦率地承認。

「其實我很怕Rei-Li。而且她那麼相信我完全不起疑，也是因爲我常常都對她很好。『拜託，請你和我分手。』我這樣跟她說。結果她簡直就像是機械人那樣點點頭，然後就開始打包行李，回去她親人待的洛杉磯。離婚文件等等則是後來透過相親公司送到我家來。不要笑，那天晚上我嗑古柯鹼嗑到心臟都要停了。我在恍恍惚惚的狀態下進了一間奇妙的JAZZ BAR，聽到了〈The End of the World〉：

爲何太陽依舊閃亮，大海依舊潮來潮往？

世界末日明明降臨身旁

她已經不再登場
鳥兒歌唱，星星也依舊在空中發光
太陽、大海、鳥或星星未免都太呆
明明世界末日已經到來
我已失去她的愛

早上，當我發現一切一如以往我大失所望
這是什麼狀況？　我和周遭的關係就是這樣？
心臟在跳　眼睛視力也很正常
明明世界末日的號角已經在響
當她說『再見』的時候，一切就已滅亡……」

THE END OF THE WORLD
Words by Sylvia Dee／Music by Arthur Kent

回憶繁花盛開的四月

I'll Remember April

「四月似乎是一個會讓人發瘋的月份。」我一說完這句老套的台詞，就被朋友嘲笑。他在世界銀行工作，暫時從華盛頓回國。我們跑去銀座一間高級豪華飯店喝酒，那邊只提供套房等級的客房，而且還設了一間會員制的酒吧。黑色大理石吧檯上，清水燒❶的花瓶裡插著櫻花。我剛從紐約回來第二天，時差還沒調好，喝兩杯雪莉酒馬上就醉了，所以才會說出那麼沒格調的老套台詞。

他現在在世界銀行的亞洲部擔任重要幹部。我們以前高中同班，上大學之後，他專攻比較文學，一直到去美國才跨入經濟的世界。他可以運用他淵博的文學知識——譬如從契訶夫❷到莎士比亞❸、福克納❹到梶井基次郎❺他會引述這些大師們萌芽時期的精神世界嘲笑我淺薄的發言，說話又快又狠。「明明我還在調時差酒醉神智不清，只是看到櫻花隨口說幾句話，不用說得這麼難聽吧？」我低聲碎念。「你這種不嚴謹的態度就是造成日美經濟摩擦的罪魁禍首！」結果他又吐出一長串咒語般的發言。

❶ 京都發展的陶瓷工藝之一。僧侶行基接受天皇詔命，於現今五條坂附近設立窯場製陶。由於地近清水寺故成爲附近的陶器總稱，風格多樣。

❷ Anton Chekov，1860-1904，俄國19世紀最重要的短篇小說家、劇作家之一。代表作有《櫻桃園》、《三姊妹》等。

❸ William Shakespeare，1564-1616，英國伊莉莎白時代的詩人、劇作家，被認爲是古往今來最偉大的英語作家。代表作有《哈姆雷特》、《羅密歐與茱麗葉》等。

❹ William Cuthbert Faulkner，1897-1962，美國小說家，諾貝爾文學獎得主。他是重要的南方作家之一，作品背景多設定於故鄉密西西比河畔。代表作有《聲音與憤怒》、《我彌留之際》等。

「……就是因爲在這種地方，在銀座這種中性又治安良好的酒吧，你的態度才會這麼散漫。這樣的狀態與其說沒有辦法理解美國，還不如說根本就是把它當成像空氣一樣。然後嘴裡掛著美國人怎樣、我覺得怎樣，有時候還會作一些情緒性的判斷。我們可以更細緻、更客觀地去捕捉你說的這些事情……」

雖然我朋友說的每件事情都沒錯，不過因爲我的頭被時差和酒醉弄得很昏，這些話題對我來說太沉重，所以我改變話題聊那間傳說中的JAZZ BAR。沒想到聽我一說他反而陷入沉默。

他望著吧檯上的櫻花，喃喃自語說：「原來日本也有啊。我還以爲那家店只開在華盛頓ＤＣ。」

什麼嘛，所以你以前去過那家店嗎？我問。

「是二十年前的事了。」

二十年前的話，是一九七〇年吧。

「是這樣嗎，大概吧，你會不會覺得很奇怪？」

什麼奇怪？

「二十年是很長的一段時間不是嗎？明明就是很久以前的事情，但是當我們提起一九七〇年的時候，卻自然地好像是在聊昨天的事情一樣，完全不放在心上。二十年

❺ 1901-1932，日本近代文學小說家。生前未被文壇認可就因結核病去世，死後成就逐漸獲得肯定。作品多以私小說的形式描寫心境，或以自己的病情爲主題。代表作有《檸檬》等。

這種等級規模的時間納粹可以從慕尼黑的酒館誕生、君臨歐洲、然後滅亡喔，但是當我們提到一九七〇年的時候，卻好像把它當成像是昨天一樣，這到底是怎麼一回事？恐怕我們都老了。應該不只是這樣，我認爲這是因爲這二十年，這整個時代幾乎都沒有什麼改變的關係。」

我每一個長年待在美國的朋友都一樣，他們都會自己設定問題，運用邏輯推理，然後得出解答。

還是繼續聊聊二十年前的事吧。我說。

「你知道我以前曾經因爲大麻的事情被逮捕過嗎？」

我還眞是第一次聽說，以前一直以爲你是全心奉獻給比較文學和國家風險的學究。

「大學的時候我在鄉下被抓。在東京進貨的傢伙讓鄉下那個白癡，你記得吧？醬菜店的老二，最喜歡普洛柯哈倫合唱團❻那個白癡啊。他讓那個白癡嗑了一點，沒想到那傢伙到處吹噓，結果害我被抓。」

如果發生過這種事，爲什麼我完全不知道？鄉下地方那麼小，我應該馬上就會聽到消息才對啊。

「因爲未成年的關係吧。報紙只用少年A的假名，不過幾乎所有的人都知道。與

❻ Procol Harum，創立於60年代的英國前衛搖滾、迷幻搖滾團體。

其說這件事情沒有上電視所以你不曉得，還不如說是因爲你對鄉下地方的八卦不感興趣。因爲你很健康。」

這麼說來，當時我和年紀比我大的問題女人同居，有三年左右都沒有回鄉下。

「那樣還是很健康。如果有人未滿二十歲卻對鄉下這種事件非常內行，那才不正常。我是三月中被抓的，因爲觸犯麻藥管制法，如果不招供是透過誰和從哪裡弄到麻藥的話，就必須被拘留，所以我在看守所待了二十幾天。你以前曾經待過看守所嗎？」

我搖搖頭。過去我曾經因爲酒醉和人幹架住過一晚，不過什麼都不記得了。因爲什麼都想不起來，所以嚴格說來並不算是有經驗。

「那裡不是正常人該去的地方，即使是開玩笑也不應該進去。我可以攜帶的私人物品只有半條撕裂的手帕，不能看書、不准横躺、也不行哼歌，雖然也沒有哼歌的心情就是了。因爲那邊實在是無聊到恐怖，等待審問的時間變得非常漫長。在這段過程當中，每天有三十分鐘的時間可以看看外面做體操，結果，我透過窗戶看見了河岸成列的櫻樹。雖然先前下定決心成爲自我批判的惡鬼把一切世俗的事情都忘掉，可是看到那些情侶在那些迷濛盛開、令人心曠神怡的櫻花樹下散步，我的內心卻出現一種不可理喻的嫉妒。或從來不曾嫉妒到那種程度。

「之後過了四、五年，我去了美國。剛進華盛頓大學那時候還是四月，波多馬克河畔的櫻花正火熱盛開。當時，我和一個不值一提的美國女孩約會，心想：『這樣的情況，我自己終於體驗到了。』一回神，發現我自己竟然正在求婚！這麼冒昧人家當然馬上就拒絕我。那天晚上，我在市中心一家不可思議的店聽女歌手唱歌。唱什麼？當然是〈I'll Remember April〉啦……」

寂寥的日子　總是沐浴在黃昏中
我們要向共同度過的時光道別
那些深深嘆息的晝夜
我現在
獨自佇立在我們經常漫步的那條林蔭道上
繁花盛開的四月眞是令人難忘
花香不知自哪浮現，心頭微微點亮
對我來說，曾在花開時節得到她的愛就已滿足
這並不勉強

妳的雙唇柔軟又溫暖

當年的季節，當時的我們都閃閃發亮
我不怕某天秋天會到來
也不怕悲傷
火焰變大就會晃
終究會燒光

當我發現未來不再美好
幸福的日子已經出逃
若是沒有孤獨過，不會知道一個人竟然這麼寂寥
我會回憶四月繁花盛茂　花香釀出微笑
悲傷的嘴角……

I'LL REMEMBER APRIL
WORDS AND MUSIC BY DON RAYE, GENE DE PAUL AND P. JOHNSTON

你和夜晚和音樂……
You And The Night And The Music

我和朋友討論什麼快樂才是終極的快樂。不過有一個附帶條件，那就是不包含社會性的需求。

幾年前我們兩個都待在廣告公司的創意部門，彼此是競爭對手。當時面對客戶提案，我和他交手是三勝十八敗，幾乎都是他在贏。可是他們公司的業務能力實在太弱，企畫很棒卻沒有能力執行，結果有好幾次他們標到案子最後都只保留企畫部分，其他部分繞一圈之後又回到我們公司由我負責。

現在他做的工作是賣軟體給那些推行辦公室自動作業系統的公司。他會先去對方公司調查作業流程的各項細節再配合撰寫應用程式，這種模式經營得非常成功。以往企業引進電腦和自動化機械排擠掉很多低階的勞工階級，辦公室自動化之後，似乎又搶走了中間管理階層的工作。過去的公司是由好幾位中間管理階層整合員工的意見和資訊然後向上呈報，但是這些資訊現在全部都可以輸入電腦，由電腦篩選，作爲上級進行決策判斷的參考。

「這是我們男人受苦的時代啊。」他說。

我們最後的共識是，如果不能從這些制度的漏洞裡面獲得樂趣的話就虧大了。結果聊一聊就延伸到「對於一個男人來說，終極的快樂到底是什麼」這種有點傻氣的話題。

「不准提社會性的需求喔。像是想要和長大的兒子玩接球啦，或者是進入高爾夫球聯賽打出低於標準桿的成績獲得奇蹟性的勝利啦之類的，不包括這些社會性的人情喜好。」

我們坐在他長年來都很喜歡的一間銀座酒吧的吧檯。這裡什麼都沒變，硬是要挑剔的話就是多了一棵阿月渾子樹❶。重聽的酒保獨自打理一切。這裡絕對沒有卡拉ＯＫ，幾乎不會有女生來，也找不到時髦的調酒、蘇格蘭單一麥芽威士忌，或者是經典年份的雅馬邑白蘭地。可是這邊加水調配的比例好喝到不可思議。以前曾經聽人家說，酒保每天都會到自家旁邊的古井打水。

如果其他的都不能選，這樣就只剩下上床親熱啦。除此之外就是和社會性無關的運動……

「這個世界上所有的運動都帶有社會性，大概只有慢跑、釣魚和划獨木舟之類的不算……這樣刪一刪好像真的就只剩下上床了。」

❶ Pistachio，原產於西亞山區的喬木，淡綠色的果實就是俗稱的開心果。

打獵好像也很愉快，我說。雖然我朋友同意我的說法，不過我們兩個人都沒有試過。

這麼一來，果然就是上床啦。

「繞了這麼一大圈，結果感覺只是爲了作愛找理由，到頭來，最HIGH的還是只有性和藥吧？你覺得用藥怎麼樣？我辭職獨立之前一直待在洛杉磯，光是工作應酬就嗑了很多。」

很久很久以前，讀書的時候有吸過大麻之類的。

「原來如此。那麼，如果我討論的話題太過刺激的話，就要對你這菜鳥說聲抱歉啦。我覺得對於具備想像力的人來說，這個世界上沒有比徹底開放交感神經作愛更快樂的事了。」

我常看到色情小說裡面出現古柯鹼。吸古柯鹼，然後和身材姣好的黑人女子作愛或許眞的很棒。

「古柯鹼這種東西連醫療局部麻醉都在用，只會讓人感覺變遲鈍啦，大麻才會讓人更敏感。不過對於性這種事情，日本自古以來就有一盜二婢❷之類的說法，一個人到底可以拋棄理性到什麼程度，比起肌膚之親的感覺可能還要更重要。該怎麼說呢……以你喜歡掛在嘴上的社會性來說，一個人拋棄社會性之後到底可以野蠻到什麼

❷ 過去日本風月文化有一盜、二婢、三妓、四妾、五妻的俗諺。意思是就色情的等級而言，最上等的是盜取他人之妻與其私通，第二是瞞著家中妻子耳目與下女有染，第三是青樓調笑，第四是與情人嬉鬧，最後才是與妻子同枕共眠。

程度？你眞的有辦法成爲暴力的畜生嗎？古柯鹼會消除理性，可是那和酒醉讓人放鬆不一樣，我沒有辦法找到一個比較恰當的說法……譬如說我很喜歡巴黎的蘑菇，可是當時我和一個知心的漂亮女孩做完射精後後興奮的心情卻完全收不回來，簡直就像是一隻學會自慰的猩猩那樣。」

我靜下來專心聽他說，他的經驗我完全插不上嘴。

「美國這種地方簡直就像是在測試享樂主義者的底線不是嗎？讓每個人體驗性的力量，只要失敗一切也就跟著結束——就是因爲這樣所以才沒有辦法杜絕藥物犯罪。日本在性領域的開發程度很低，所以像古柯鹼這麼危險的東西流行不起來，畢竟日本是個風雅的國家嘛，比較不會出現那種精力過剩，想要讓女人把自己吸到心臟停掉的傢伙。」他說完這些之後，沒想到他竟然開始聊起那間JAZZ BAR。

「……我去的那間店，女歌手有一副慵懶的歌喉。以前洛杉磯有家非常糟糕的SM俱樂部叫『地獄之燈』，在那邊只要對方不拒絕的話你想要幹什麼都行。雖然說現在因爲愛滋病的關係關門了，但是裡面眞的很恐怖，從勞斯萊斯走出來的貴婦會吃黑人的排泄物。某天晚上有很多人聚集在那邊，當時我不知道他們到底是在幹什麼厲害的事情，想說偷看一下，結果發現是一對十幾歲很健康的情侶一邊喃喃我愛你一邊接吻，就只是這樣。可是那些身經百戰的變態卻用一種羨慕的眼光盯著。我回想起自己高中的時候沒有辦法和喜歡的女生接吻，明明那個女孩子在夕陽下把嘴嘟到我面前，但是我卻沒有辦法親下去……想起這件事，或許又因爲加上嗑了什麼藥的關係，我眞的是深深陷入絕望，覺得世界上的一切都沒有意義。最後我飄飄然走到外面，聽見我高中喜歡的那一首茱莉．倫敦❸唱的歌……」

你和夜晚和音樂
充塡慾望的火焰
完美的配置　象徵的凶險
無論夜晚或音樂　終究會不見
總有一天
夢想會像黎明的街燈化作淡淡的光
晨曦像撥弄吉他一樣
奪走我的力量
白晝既不溫暖也不溫柔
對於身陷情慾當中的人來說　白晝酷寒如霜
就像抹去天上的星星那樣
告訴我你眞正的心意

❸ Julie London，1926-2000，美國歌手、女星。

你說活在當下必定洩氣
無論愛情或生命　片刻消逝就窒息
你和夜晚和音樂　像瞬間的霹靂
當這些迎向終局　我也會暴斃

YOU AND THE NIGHT AND THE MUSIC
Words by Howard Dietz／Music by Arthur Schwartz

每一天都越來越濃

Day By Day

「爲什麼在有派頭的酒吧喝酒，臉都不會變紅呢？」

六本木的墓地底下有一間我很熟的酒吧，我在那裏遇見了一個男人。

雖然這間酒吧只設了一座吧檯，可是有賣單杯的香檳，也準備了很多近來流行的單一麥芽威士忌。調酒師做的調酒不錯，巨大的吧檯也用了黑色大理石。這裡不是一般上班族會來的地方，如果一個月只有三萬塊零用錢的話，是不會到這種店來的。

仔細想想，一般上班族這個概念其實是一種莫名其妙的分類。有派頭的店會篩選客人，出版社、廣告代理商、電視台、時尚產業還有社會名流……他們在此被接待或接待別人，引誘女人或被女人引誘，然而支撐這個國家的人並不是他們。相反地，這些人是受到那些幕後的「一般上班族」支持，才得以生存下去。

正當我一邊思考這些事情一邊喝酒的時候，那個男人跑來跟我搭訕。老實說，一個人在吧檯喝酒的時候，多半都不喜歡隔壁的人跑來跟自己搭訕，所以我也幾乎都不會去打擾別人。然而，有時候也會在非常巧妙的時間點上被人搭訕，雖然這種機率非常低。

「不好意思，我已經很久沒有回日本了，有很多事情都讓我覺得很困惑。」他補充一句，順帶把名片遞給我。

名片上標明他是知名貿易公司的員工，還有他在法蘭克福的地址。我發現他把黑啤酒和麥芽威士忌調在一起喝，心想這個男的大概比我小三、四歲。

「我們看起來應該差不多同輩吧？我小時候看大人們喝酒，他們每個人的臉都會變紅。你不覺得現在很少看到那種面紅耳赤的臉了嗎？」

聽你這麼一說確實是這樣沒錯，我回答。我回想起鄉下賞花或者是法會這類場合的酒席，大家的臉的確都會瞬間變紅。

「剛剛我去淺草見一個朋友，去一間電動調酒很有名的店。結果在那邊看到大家都鼓著過去鄉下那種紅臉在喝酒，讓我覺得很奇妙。」

奇妙？

「雖然說一個禮拜前我才剛被叫回日本，不過我跑去各個不同的地方喝酒一路喝到今天。每家店都是盛裝打扮的女服務生、高級的蘇格蘭威士忌、義大利家具、古典燈光照明這種風格，在這種店裡面都沒有人臉頰變紅。冒昧提一下我自己的個人經驗，即使是在德國，我也常常思考這件事。雖然我公司在法蘭克福，但是我其實是住在一個叫曼海姆的小鎮。那個鎮上有很多啤酒屋，大家喝啤酒或schnapps❶的時候都會瞬間滿臉通紅，可是我在法蘭克福常去的飯店酒吧就完全看不到這種狀況。」

又是鄉下人又是啤酒屋，再加上大家喝得很快所以才會這樣吧。

「這些也有關係沒錯，不過我覺得最重要的原因是閒聊，而且是正直誠懇的閒聊。」

閒聊啊。

「是啊，如果在現在這種酒吧，或者是高雅的法國餐廳大聲喧嘩的話，會被人家批評沒水準、不懂公共禮儀不是嗎？所以大家不會開懷大笑，多半都是靜靜喝酒。可是鄉下或啤酒屋就不一樣了，基本上大家都超級吵的，才不會做什麼秘密協商。大家處於一種卸下防備的狀態，可以自由表達自己愉悅的心情，腎上腺素的分泌也會增加，所以臉才會變紅。」

他口若懸河說了一堆，突然靜下來露出一種若有所思的表情。那是回憶分手女友時的表情。觀察漂亮女生在你身邊喝到雙頰緋紅真的很美……正當我對水杯自言自語的時候，他突然開始跟我說起那個女生的故事。

「……她是國際航班的空服員，該怎麼說呢，我對她的第一印象是她很高，表

❶ 在歐洲指一種以香料加味的澀味烈酒，在美國指的是一種甜的利口酒，通常由水果或是香草加味調製而成。

情很酷，覺得這個女人很討厭。我不擅長和這類的女生相處，所以一開始我都是拜託其他的空中小姐幫我忙。那時候，我請她幫我添一點下酒菜，沒想到她一次拿了五盤過來，而且笑得很自然，結果我馬上就被迷住了。後來她只要來法蘭克福，我們就會見面。她跟我說：『在法蘭克福，我不是面對任何人都可以像這樣放鬆喔。』隨著我們一天一天相處，我發現她的臉頰越來越紅，就像你剛剛說的那樣，看到自己喜歡的女生臉頰淡淡變紅眞的讓人覺得很棒。因爲這是她把自己的心交給你的證明。我和女人相處的經驗還滿豐富，無論是哪一種女人，只要交往一段時間弄清楚彼此的立場之後，某一天，她就沒有辦法再這麼單純地臉紅了。我連我們結婚這類的事情都已經認眞和她談過囉，可是那個女生只是單純開開心心地喜歡我，見面一起喝酒之後一定都會很可愛地臉紅。在這段過程中，我有點害怕，心想她可能並沒有接受我，這眞的讓我覺得很恐慌。最後，我決定暫時不和她見面，做些其他各式各樣的事情。之後再遇到她，她完全都沒抱怨，還是一樣喝酒喝到臉紅看起來很開心，反而讓我覺得自己很不誠實……」

雖然他沒有提那間JAZZ BAR，不過我想他去那裡的話，應該會聽到這首歌吧：

我知道

我會一天一天越來越喜歡你

一天一天，就像小狗長大那樣，愛情慢慢累積
這是我的秘密
比大海更溫柔、更深
你完成了這個遊戲
我希望你知道，我只屬於你
無論我或我的愛，都不會分離
我們會一天一天溺到愛情裡，繼續生活下去

不知道那間JAZZ BAR狀況怎樣？那裡的人是否也是鼓著一張紅臉聽著歌呢？

DAY BY DAY
Words & Music by Sammy Cahn, Axel Stordahl & Paul Weston

酒與玫瑰的時光

The Days Of Wine And Roses

酒吧吧檯這種東西是專為男人而設的，譬如說，我們可以從聊天這件事情來觀察。當三個以上的人聚集在一起聊天的時候，女生會先想好自己要說什麼，努力尋找自己發言的機會，完全不在意別人講什麼。所以當三個以上的女生聚集在一起聊天的時候，如果某個人的座位沒有面向其他任何一個人的話，說話的氣氛就不對。

但是男人就不會這樣。即使三個人以上面對面聚在一起，通常也都只會有一個人引導氣氛。討論的時候也是兩個人相互交談，其他的人都會在旁邊擔任聽眾。

我和朋友待在赤坂一間飯店的高級酒吧，聊著那些無論是在工作場合還是結伴進出酒吧都很耀眼的女人，還有酒吧櫃台功能之類的話題。他的經歷很特別，雖然他現在和我一樣都在從事廣告製作的工作，但是他二十歲前半的時候，不對，大概他才剛滿二十歲的時候就拿下了某個大獎。那是所有愛好電影的年輕人都夢寐以求的一個獎，當年有很多獨立製片的電影創作者和引領風潮的地下藝術大師投稿參加，結果首獎卻被我那朋友用八厘米短片搶了下來。直到現在我都還記得很清楚，當年我在鄉下讀到這篇報導覺得非常非常嫉妒。

他之後很快就去了美國，可是他自己說「他在那邊什麼都沒做」。

「……嗯，眞的是什麼都沒做。唉，住在那邊的話因爲要記一些英文所以或許英文有進步一點點吧。一開始我待在西岸的聖地牙哥，後來去洛杉磯，再之後就一直都待在紐約了。」

這樣到底待了幾年啊？

「全部加起來總共大概十三年左右吧，可是實際感覺起來並沒有那麼長。」

爲什麼？

「大概是因爲我什麼都沒有做的關係吧。雖然有在過生活所以也不能眞的說是沒有在做事，但是總而言之我處在一種無爲的狀態，也就是說，完全沒幹什麼有意義的事情，就只是隨著時間一年一年過去。以前我可能跟你說過那個獎帶給我很大的壓力。所謂電影這種東西，故事很文學，拍攝上又非常講究作業方法，我自己很清楚，即使拍八厘米的影像可以得獎自己也沒有辦法靠這種方式繼續拍商業片，可是我就這樣成名了。在這個國家光是成名這件事情本身就讓人覺得很痛苦，就算我沒有想要發大財。感覺好像自己沒有地方躲，好像不管到哪裡都會被人家追著跑。我不想成爲別人打發時間的話題，也得不到認眞的評價；無論創作不創作，無論作品是好是壞，對於這個國家來說都只是一種殺時間的對象罷了。可是請你不要誤會，我這個人完全沒有想要累積什麼經驗，我瞧不起經驗。說到這個，我還可以舉另外一個法國鋼琴家的例子。」

什麼例子？

「他是在十幾歲的時候得了國際蕭邦大賽冠軍之類的獎，結果周遭的人對他寄予厚望。因爲他很討厭這樣，所以他自此之後五十年都泡在紐約的黑人哈林區。你相信嗎？那傢伙才是眞正的天才喔。」

雖然我已經不知道聽你說過幾遍，但是實在很難理解你那種想要隱遁山林的願望。

「並不是想要隱遁，只是想要趕快變老而已。」

我們是十幾年前，在紐約西班牙哈林區的Salsa劇場認識的。那時候我在紐約拍廣告，爲了聽我喜歡的Salsa甚至還把執行製作都一起帶去哈林區，而我這位朋友正巧坐在我隔壁抽頂級大麻。我們一下子就變得很要好，每次我去紐約都會去找他。後來，他終於在六、七年前回日本進入業界，瞬間成爲知名導演。

「與其說變老，不如說我想要成爲一個不怎麼樣的人。一般所謂『才能』這種東西，應該是附著在人格上的吧？如果有某種才能可以和豐富的人格完全分離開來的話，我想那是誤把空虛當才能。才能不是這種東西。一旦自己了解自己具備某種創作作品所需要的東西，就會變成那種東西的奴隸，這種事情我年輕的時候就幹過，不想再來一次了。」

我原本想要問：你不覺得這樣很可惜嗎？可是最後還是閉上嘴巴。打從我認識他以來，已經不知道問過他多少次了。他在西班牙哈林區待了六年，東村住了五年，結交很多朋友，過著在日本絕對辦不到的「普通」的「不怎麼樣」的生活。現在他的作品非常溫暖，完全不走偏鋒，然而對於像我這類的人來說，卻具備難以想像的原創性。我想才能就是這種東西吧。

「吧檯並不適合女生。如果變成才能的奴隸的話，就不會注意到這些無聊卻很根本的事情，我不喜歡這樣。雖然每個人的價値觀不同，可是對我來說，喝好喝的酒比創造在歷史留名的作品還要更重要。當然，如果這兩件事情都可以做得很好的話就沒話好說了，唉呀，不過我比較膽小啦。」

我喜歡他的微笑，覺得自己大概了解他的世界一半。因爲我不像他那樣，在年輕的時候就得到一個壓力那麼沉重的獎，所以沒辦法完全懂他的意思。

我想像我朋友這一類的人應該有去過那家傳說中的JAZZ BAR吧。根據以往聽過的例子來看，當慾望、能力或者是時機偏離或扭曲的時候，那間JAZZ BAR就會出現。我朋友沒有做什麼自己討厭的事，也不勉強自己。他有一個幸福的家庭，而且還有一個聽話的美妙情人。

像我這樣到底是怎麼了呢？或許要在年輕的時候獲得榮耀，得意忘形，到處玩樂，慢慢碎裂，才能打開那扇JAZZ BAR的門也說不定。然後或許就會聽見下面這首歌。

酒與玫瑰的時光
那些歡笑與逃亡
簡直就像小時候玩耍
得意忘形穿越林莽
在那遇見一扇關閉的門　寫著
「就是這樣」
現在　獨自度過寂寞的夜就知道
微風颼颼　心思惶惶
引領我到酒與玫瑰的時光

燦爛微笑的模樣
像風一樣清涼

一切盡在歲月中

As Time Goes By

「卡薩布蘭加的凱悅大飯店有間小鮑酒吧。不過那邊只是到處貼滿亨佛利．鮑嘉和英格麗．鮑曼的照片而已，是間無聊的店。」

那個男的收斂音量對我說，彷彿我們是處於敵軍占領區的地下組織，正在進行密商。現在時間還早，飯店酒吧裡只有我們兩位客人。他是賽車隊的老闆，最近我幫他仲介贊助商，所以和他變得比較熟。他家從他祖父那一輩就開始經營貿易公司，在他繼承之後，經手頂級義大利家具和裝飾品獲得很大的成功，進而組一個方程式賽車隊完成童年的夢。原本我是被找來替這個車隊製作公關影片，發現老闆對廣告很陌生所以就順便幫他忙，介紹一些形象不錯的客戶給他。賽車現在在日本可以說是方興未艾，熱門到誇張，想要贊助這種運動的客戶很多，所以沒有耗費什麼精力就完成了簽約的工作。雖然我並沒有做什麼了不起的事，可是因爲這個老闆是教養很好的那種型，幾乎每天都會打電話邀我一起吃晚餐、看音樂劇、比賽或者是聽演奏會。

昨天我們搭飛機去靜岡看高爾夫球錦標賽，傍晚才又搭飛機回東京。飯前小酌的時候，我不經意聊起那間傳說中的JAZZ BAR，結果那個老闆就開始跟我說摩洛哥卡薩布蘭加的事情。

我問他，爲什麼會跑去摩洛哥呢？不知不覺跟他一起降低音量。

「大概是一九八七年吧，我在學要怎樣成立車隊，那時候看了好幾場的F1方程式賽車，也去了葡萄牙、西班牙。那時候是所有車種都裝渦輪增壓器的最後一年，HONDA的引擎聲聽起來簡直就像戰鬥機一樣醒目。趁著葡萄牙GP和西班牙GP之間的空檔，我去了一趟摩洛哥。」

一個人去嗎？

「是啊，你也知道，在女人這方面我眞的是很保守。」

我身邊有很多玩女人的行家，多到會讓人想起「性善漁色」這類古老的成語。這種現象不禁讓我覺得，在這個世界上最好色的人或許就是做廣告的人。因爲我見識過這些人，所以看到這個賽車隊老闆讓我覺得很新鮮。他非常照顧他太太。雖然他太太不喜歡高爾夫球也討厭坐飛機，昨天沒有跟我們一起去看比賽，可是吃晚飯或者是看演出她就常常會和先生一起出現，而且一點都不會不自然。年輕的時候，因爲工作的關係他們夫妻倆曾經在佛羅倫斯住了兩年，在歐洲、美國洽商或者是聚餐常常都聯袂出席，可能是因爲這樣的經驗，所以回到日本之後他們還是繼續保持這種夫妻共同行動的習慣。就我所知，這個老闆好像完全沒有出現過什麼飢渴的不滿。我認爲性好漁色絕對是一種病，是一種對愛情飢渴導致的問題，完全不需要美國心理學家特別分析。當我發現像老闆這種和漁色完全沾不上邊的人竟然對那間JAZZ BAR有所了解，眞的是非常吃驚。

一個人這樣去旅行不會覺得孤單嗎？

「嗯，其實我也不喜歡一個人旅行。可是，不要笑我，我啊，大概比你大兩輩吧，戰後看到『北非諜影』的時候，眞的是感動到頭皮發麻。雖然我覺得電影很囉嗦，但是囉嗦歸囉嗦，好萊塢老片那種氣氛眞的讓我很著迷。我喜歡那種超乎尋常的奢華，如果電影看起來太寒酸的話我絕對不看，就這個層面來說，不管別人怎樣講，『北非諜影』對我來說都是奇蹟冠軍，你懂嗎？」

奇蹟？

「是啊，這部電影無論是演員、時代、情境，還是創作者都無可替代，眞的是奇蹟。我一直都很嚮往那部片所呈現出來的世界，所以當我看到摩洛哥的旅遊手冊，發現有間酒吧取了這樣的名字，就決定說一定要去看看。我已經很久很久都沒有自己一個人去旅行了，那時候不知爲何突然憂傷起來，感覺自己好像和英格麗．鮑曼墜入愛河，兩個人難分難捨，都忘記自己已經幾歲了。」

我懂。

「當我從里斯本進入卡薩布蘭加，或許是一眼見到街道髒亂的關係，那種感覺就跑掉了，覺得很失望。如果要欣賞摩洛哥風土民情的話，去非斯、丹吉爾或者馬拉喀什就好了，像卡薩布蘭加半吊子美國化之後就變得很無聊。那邊旅館不行，去到小飽的店，也只是貼一堆電影劇照，周邊的氣氛簡直就像家庭式西餐廳一樣。因爲我原本對這裡期望很高，所以眞的是覺得很悶。該怎麼說呢，簡直就像感覺自己的人生哪裡走錯了一樣，眞的非常空虛。眼淚都掉下來了。後來，我發現那間無聊酒吧的洗手間旁邊有一扇奇妙的門。我打開它，沿著陰暗的走道一直走，盡頭是一間讓人忍不住想要拍手叫好的酒吧，看起來簡直就像佛雷·亞斯坦❶的電影佈景，即使卡萊·葛倫❷出現也不奇怪，感覺眞的超棒的。然後有一位把蒂娜·蕭爾❸和佩姬·李❹加起來除以二的女歌手看著我的眼睛，溫柔地對我點點頭，對我唱了那首歌。當時我實在是太陶醉了，完全不記得之後我到底是怎麼回到我旅館房間的。」

❶ Fred Astaire，1899-1987。美國演員、舞者、歌手。起初在劇場演出，後來成爲二十世紀好萊塢歌舞片中最具代表性的舞者之一。

❷ Cary Grant，1904-1986。英裔美國演員，曾多次於希區考克的電影中登場，被認爲是二十世紀最偉大的男演員之一。

❸ Dinah Shore，1916-1994。美國歌手、演員。於40至50年代大樂隊時期的爵士歌壇叱吒一時。

❹ Peggy Lee，1920-2002。美國經典女歌手、演員，橫跨流行與爵士，並獲葛萊美終身成就獎等獎項。

接吻的味道沒變　嘆息的重量也相同
一切一切都在歲月之中
一說「我愛你」　戀人們就相信愛情的夢
不被前途茫茫唬弄
因爲一切都在歲月之中
月光、情歌永不過期
熱情、嫉妒與恨意
不必想落不落伍
女人就是需要心安
男人也需要讓他放鬆的伴
這和時空無關
沒有任何人可以推翻
就像那些歷久彌新的故事
爲了愛情和名譽而戰
要勇於奮鬥　還是選擇滅亡

世界只對奮戰到底的人通融
一切都在歲月之中

AS TIME GOES BY
Words & Music by Herman Hupfeld

把紅玫瑰送給憂鬱的她

Red Roses For a Blue Lady

那間傳說中的JAZZ BAR到底象徵什麼呢？

每個男人都經由不同的入口到達那間店。店裡很陰暗，瀰漫菸草和嘆息的煙，沒有辦法看見其他顧客的臉。然後，有一個女歌手，用一種像是海倫．梅芮爾和蒂娜．蕭爾加起來除以二的沙啞嗓音，唱一首讓人放鬆的歌。

某位設計師跟我說：「上次他去那間BAR的時候有一種感覺，好像和自己長年以來認爲不可能再看到的場景重逢。」

他在廣告美術指導這方面，是圈內數一數二的高手，專長是歐洲，特別是義大利北部的室內設計，和波隆那的精品商也有簽約。他設計的佈景非常瀟灑，完全超乎日本人的想像，工作人員看到成品常常都會誤以爲他是同志。不知道爲什麼，在日本奢華、高雅、時髦這類的傾向，都被當成是同志的領域。

現實生活中的他，是一個將近一百九十公分的壯漢，猛到高中時代被徵召去擔任關西英式橄欖球大賽的爭球員❶。

❶ 原文爲Lock。十五人制的英式橄欖球在隊形上分成前鋒和後衛兩大部分，Lock是前鋒的第二列。爲了爭奪界外發球，這個守備位置通常由最高的人來擔任。

因爲一般人很難從他的創作風格連接到他的容貌和服裝品味，所以很多人第一次見到他的時候都會大吃一驚。他太太才大約一百五十公分，和他相較之下簡直就像是玩具一樣。雖然他並沒有特別顯示自己很專情，可是他不喜歡有女人出沒的酒吧或俱樂部，要喝的時候都是和一群男性朋友一起喝通宵。他是這種類型的人。我們這些做廣告的常常被認爲是愛好女色的集團，不過像他這樣的男人其實比想像中多。那天我們跑去六本木，待在墓地底下那間只有吧檯的酒吧喝到凌晨三點快打烊，沒想到他自己突然跟我聊起那間JAZZ BAR。

你還記得那間JAZZ BAR在哪裡嗎？我問。

「這根本不是重點。那間店的氣氛不知道該怎樣形容，眞的是嚇了我一跳。我做這一行，從菲律賓的迪斯可舞廳一直到梅第奇家族❷別墅的客房，可以說是看過各式各樣的室內裝潢。可是那間店該怎麼說……雖然有種非常親切的感覺，卻又眞的是從來都沒見過。」

你什麼時候去的？

「上個禮拜。」

根據我到處聽來的情報，去到那間JAZZ BAR的人好像都是受到某件事情觸發，像是遭遇很嚴重的失戀之類的。你還好嗎？發生什麼事了嗎？

❷ 義大利文藝復興時期重要家族，佛羅倫斯實際的掌權者，在促進建築、藝術發展上不遺餘力，贊助的藝術家包含波提切利、達．文西、米開朗基羅等。

「我嗎？我很討厭婚外情。從以前我就希望大家都開心，可是如果發生婚外情，應該很難讓每個人都開心吧？我有老婆，又討厭婚外情，沒有理由會失戀很嚴重。更何況我也不喜歡花錢買女人。」

所以什麼事都沒有發生？

「這個嘛，也不是眞的什麼都沒有。」

因爲酒吧準備要關門，店裡變得比較亮，我這才發現他的臉已經變紅。還可以再來一杯嗎？我問服務生。他用一種很困擾的表情替我又做了一杯加冰的伏特加。

「老實說，有一個非常年輕的讓我心動的女生。」

什麼嘛，果然有鬼。

「給我閉嘴專心聽。我不是把她當成情慾的出口，而是用一種神聖的感覺偷偷仰慕她。我是用這種感覺來激勵我自己和我的表現。」

雖然我認爲這在本質上根本就沒有什麼差別，但是怕多嘴岔題所以沒有開口。

我知道了，請繼續吧。我說。

「雖然我都已經四十幾歲了，可是從來都沒有見過這種像小孩一樣可愛活潑的人，我從來都沒看過她生氣。她很常笑，可是不是三八那種。你知道我以前讀書的時候吹中音薩克斯風嗎？我很喜歡菲爾．伍茲❸，所以有跑去學。上個禮拜她生日，雖然

❸ Phil Woods，1931-。美國Bebop爵士中音薩克斯風手，多次獲葛萊美獎。

我吹得很爛，不過我想我可以在她生日的時候演奏給她聽當作是生日禮物，還特地跑去買了一把新的Selmer❹。怎麼樣，很浪漫吧？她住乃木坂，我懷著忐忑不安的心情確認她開那台紅色的賓士一九〇回到家，就開始吹生日快樂。雖然大概吹錯兩個地方，可是她打開了窗戶。後來第二首歌我選錯曲子，結果她又把窗戶關上了。」

你吹了什麼？

「三波春夫的〈杯觥酒謠〉❺。」

爲什麼會選〈杯觥酒謠〉啊？

「嗯……以前我有跟你講過吧，藍調這種曲子的本質是用活潑的方式唱悲傷的歌。如果要舉日本的例子那就是三波春夫了。我應該跟你說過除了他以外，沒有人可以用那麼開朗的方式唱那麼悲哀的歌。而且我覺得，選情歌太害羞了。」

就算是這樣……

「結果和你想的一樣，我錯了。她生氣了，而且與其說生氣還不如說是厭煩，跟我說：『生日的時候還是收到紅玫瑰之類的比較開心』，好生氣……當時比起選曲錯誤，我更覺得自己的人生是個大笑話。我還以爲我已經用義大利的室內設計把自己平常那些粗魯、邋遢的部分全都遮起來了。如果人可以活得像那些義大利家具一樣漂亮的話，就不需要表現什麼自我了，你不這麼認爲嗎？」

❹ The Selmer Company，二十世紀初期創立於法國巴黎的樂器公司，以製作木管樂器聞名，特別是薩克斯風和單簧管。

❺ チャンチキおけさ，三波春夫的名曲。

你硬要這樣講我沒話好說。

「嗯，我也覺得沒話好說。就這樣一邊想一邊走到赤坂，進了那間JAZZ BAR。剛剛我說過……該怎麼說呢？以前有一段時間，我內心當中兩股相互矛盾的力量曾經融合在一起過，那段時間很幸福。不知不覺之間，這種感覺又被這家店喚醒了。真的是被他的室內裝潢打敗了，那種東西我真的做不出來。然後，我聽到那個女歌手唱了納京高❻的歌：

我想送些紅玫瑰
給那位憂鬱的小姐
先生，請給我一些漂亮的花
我和她吵了一架
想要和她和解
我想，或許紅玫瑰可以打開憂鬱的心結
請您把花包好送過去
她的地址？就是全城最漂亮的女生住的那條街

❻ Nat King Cole，1919-1965。美國爵士鋼琴家、歌手。是美國音樂劇史上最重要的人物之一。

然後請你告訴她
下次我會送雪白的蘭花」

RED ROSES FOR A BLUE LADY
Words by Sid Tepper／Music by Roy C. Bennett

女人就是需要心安

男人也需要讓他放鬆的伴

接吻的味道沒變

嘆息的重量也相同

一切一切都在歲月之中……

你讓我感覺真好
You Make Me Feel So Young

「你在那邊的沙地前面連續打了好幾次斜飛球對吧？」

說話這傢伙現在是一間大出版社的年輕女性雜誌主編，每次跟人搭訕總是會先聊高爾夫。他這本雜誌和義大利的時尚雜誌有交流契約，從彩頁專題到內容報導都很華麗，可是這位主編先生和這種形象卻完全不同。他是我大學學長，以前參加划船社；即使在全共鬥❶那段鬧哄哄的時期他也是頑固地漠視政治或鋼盔，全心投入網球、滑雪和賽車。然而，他並不是那種膚淺追逐流行的人。他爸爸是大學教授，也是知名的自由派政治評論家；爲了反抗他老爸，他不關心任何政治話題，反而用一種修行的方式貫徹輕浮的態度。

大學時期我們完全沒有往來，後來因爲他雜誌的廣告頁委託我們公司作設計，我們才開始變熟。每年我們會打幾次高爾夫，然後小酌一番，這樣的交情持續至今已經有三、四年。

「結果你打了幾次斜飛球？」

四次。

「搞清楚問題出在哪了嗎？」

❶ 全名爲「全學共鬥會議」。一九六八年，日本大學與東京大學學生看不慣大學內部運作的各種弊病發起抗爭運動，這股風潮瞬間風行全國，各大學紛起響應。「全共鬥」就是這波風潮中所有學生運動組織的總稱。

是因為抬頭的關係嗎？

「第一球確實是那樣，你太在意球有沒有越過沙地，結果就把頭抬起來。第二球只是桿子握得太鬆沒有打準。」

每一球的狀況都不一樣啊？

「第三球比較複雜一點。可能因為你連續打了兩次斜飛球心裡開始怕，結果就像笨蛋那樣小心翼翼地盯著球，像是念佛那樣頭完全不動。你不移身體的重心，也不旋轉肩膀，簡直就像剛開始練習高爾夫球的女生那樣，只把手臂往後拉。雖然你都已經練到這種程度了，可是你揮桿的時候身體已經養成習慣，每次你向下揮桿的時候，你都會用同樣的節奏旋轉你的腰，動作很大。這樣結果會怎樣你知道嗎？」

身體會打開。

「沒錯。而且桿面也會鬆垮垮攤開，這樣球幾乎是直接往正右方飛出去。」

那第四球呢？

「嗯，我看膩了，而且實在是覺得太慘了看不下去，沒有看你打所以不曉得。」

他說完之後笑了，簡直就像死小鬼那樣笑得毫無顧忌，讓人完全無法想像他是女性時尚雜誌的編輯。其實他這個人很害羞。我進過一次他的書房，雖然他為人處事盡量不和政治扯上關係，可是他家書房裡面卻擺了好幾百本政治學和經濟學的翻譯書和原文書。「我對時尚根本就沒什麼興趣，眞的是不知道爲什麼會做女性雜誌七年。」雖然他把這種話掛在嘴上，但他可能是全日本極少數和北義大利設計圈私交不錯的人。他打高爾夫球也是認眞到簡直像在修鍊，但是他並不執著分數，不是那種嘔心瀝血想要縮小差距那種人。和很棒的同伴在很棒的場地享受一場很棒的球賽，這才是他的高爾夫原則。他所有的行爲表現，我認爲都有受到他爸影響——他爸非常了不起，熬過二戰期間憲兵的拷問，堅守自己的信念，完全不向政府妥協——可是他害羞地否認了。雖然現在日本這個國家好像不流行這種害羞的個性，然而我認爲像他這種人眞的很難得；平時謹愼對待自己的羞恥心，一旦必須對外展現自我的時候又大方俐落。

「打高爾夫的時候，自己眞的是很難了解自己到底是怎麼揮桿的。」說完之後，他靜了一會。然後用一種自言自語的方式喃喃說：「或許不只是打高爾夫會這樣。」

「有一個義大利的設計師，他是那種只要報上名號所有人都知道的那種名人。在娘炮占多數的設計圈子裡，他是一個繼承米蘭公國榮耀貴族血統的眞正的男人。先前他來日本，我幫他處理各式各樣玩樂的事情，結果他卻迷上銀座一個很糟糕的小女生。那個女的二十七、八，連配角都算不上，只是一個一無可取的女服務生。他玩到連自己是誰都忘了。」

眞是難以理解。

「理解什麼？」

那種男人應該見識過各式各樣的美女，爲什麼會對銀座這種……

「因爲米啊。」

啊？

「因爲日本人主食吃米，女生的腿都很豐腴。那個設計師看修長的腿已經看到膩，所以當他看到那個女生只穿迷你裙，不穿絲襪的時候，就被吸過去。他說他還眞是第一次接觸這種通體清涼的肌膚，這該怎麼說呢，算是一種肉眼看不見的美吧。結果他就栽進去啦，兩個人關在旅館裡面，延長在日本逗留的時間，也不去開會。唉……拉丁人的個性大概就是這樣。如果要用高爾夫球來舉例的話，他就像是陷入連續打出十個斜飛球的狀態。」

自己很難了解自己到底是怎麼揮桿的。

「沒錯。」

後來呢？

「那個女生開始鬧，弄到說要把這個消息賣給八卦周刊的程度，還請來一個奇怪的律師。我去那個女的上班的俱樂部找媽媽桑抱怨，但是銀座現在也變了，媽媽桑完全沒有辦法解決這種事情。到頭來，就是要錢。」

設計師有自我反省嗎？

「完全沒有。說什麼他很開心，一開始享受的是香味、顏色和形狀，但是最後才發現質感本身才是最棒的。竟然這樣回答。說他雖然已經四十後半，但是這次感覺好像變回二十幾歲，要玩就要背負風險……嗯，對我而言聽起來只是在逞強而已。」

那個義大利人不知道有沒有去那間傳說中的JAZZ BAR呢？

你讓我感覺
自己回到年輕的時候
就像春天泉湧
當你微笑　我幸福發抖
當你和我說話　我好像回到捉迷藏的年頭
想要蹦蹦跳跳　把月亮當成氣球
我倆住在小小的地球上　沒有任何人打擾
有歌要唱　有鐘要敲　有熱情的舞要跳
我知道自己已經變老　知道頭髮變銀色

但是好像什麼都辦得到
因爲你讓我感覺這麼好——

YOU MAKE ME FEEL SO YOUNG
Words & Music by Mack Gordon & Josef Myrow

什麼都別說
Don't Explain

銀座有一間從戰前經營至今的傳統酒吧。那邊的吧檯沒設座椅，優雅的白髮酒保會抬頭挺胸甩攪拌器，完成舉世無雙的馬丁尼。我很怕這種店。雖然這家店很多雜誌都報導過，可是酒保一點身段也沒有。他總是矜持儀態，笑意淡然地替客人斟酒，已經不知道用這種方式接待過多少騷人墨客和記者。無論面對什麼客人，他都會保持一定的距離，絕對不會主動搭訕；只有客人跟他談天的時候，他才會開金口說幾句恰到好處的話。

太完美了，完美到有點讓人害怕。我現在快要結束三字頭的年紀，過著一點都不完美的人生。就結果而言，最重要的朋友被我出賣了，女人也被我騙了，自我厭惡的次數可以說是數也數不清；相對來說，那個酒保有扎實的技術撐腰，總是一臉安詳自在，好像可以看透一切。喝酒的時候看到這種人我根本就沒有辦法放鬆。

聽我說完這些話之後，跟我一起來的學長開始笑我。在學校的時候他比我大很多屆，我是去廣告公司工作以後才認識他。當時，他正擔任汽車公司的宣傳部部長，非常照顧我。因爲他對美國市場很內行，過了十幾年終於爬到一人之下萬人之上，當上副社長。當然，他獲得現在的地位並不是因爲他去排擠對手迎合長官。現在大企業都採用嚴格的集體領導制度，人格有缺陷的自我中心分子或者是只會逢迎拍馬的無能之輩都不可能出頭。相對來說，這些惡形惡狀的人反而還比較常出現在出版、電影或者是播映之類的軟體產業。

「你想太多啦。連我這種人都不可能沒有缺點，你就放鬆接受他的好意就好啦。所謂的好酒保呢，嗯……就像好的神父一樣。一個好神父不會用高壓的方式把教條強加在信徒身上，不是嗎？他只會用『無論是誰，將來都會懺悔』這種心胸寬大的態度面對所有的人。不過話說回來，聽你這麼一說我才發現你道德感這麼強，眞是出乎我的意料之外。」

爲什麼？

「大概是因爲你面對某種技術或經驗的時候人會變得很謙虛吧。你會敬畏那種嚴格修鍊累積出來的氣質。」

啊？是這樣嗎？我想轉移話題，因爲我自己知道自己並沒有想得那麼深。我只是很不擅長應付那種個性溫和的狀態。雖然我也討厭別人大剌剌自我中心，可是如果一個人只要稍微暴露缺點就要隱藏起來，那未免太拘謹也太累了。

學長似乎看穿我的心思，開了個新話題。

「現在的人應該很少會想要成爲電影裡的哪個角色了吧？」

怎麼說呢？

「我覺得現在這種狀況應該很少了。因爲現在電影這種東西與其說是貼近大衆，還不如說不可以讓影片和觀衆距離太遠。現在的電影應該有這樣的傾向吧？」

確實是這樣沒錯。

「不論那一種英雄都和正常人一樣擁有自己的煩惱，現在很多電影都這樣拍不是嗎？這是因爲觀衆期待這樣，還是因爲有其他的原因啊？」

說不定是因爲演員和以前不一樣了。

「果然你也這麼想。唉呀我一直都是這麼認爲的，這不是什麼表演理論，是因爲我看演員的長相都變了所以我才這樣想。譬如說伍迪．艾倫，他一定沒有辦法演那種不知反省的角色。」

「老實說……」老前輩這樣起了個頭，開始聊起那間傳說中的JAZZ BAR。

「我很喜歡『慾望街車』，我很崇拜裡面的馬龍．白蘭度。看看現在的我你應該不會相信吧。電影裡面的馬龍．白蘭度是畜生，不是男人。他不是丈夫，不是父親，而是畜生，以畜生的姿態讓費雯麗屈服。話說回來，以雄性動物的姿態讓聰明的女性屈服和掛上大企業副總裁之類的社會地位讓人屈服，你覺得哪一種比較困難？」

我稍微想了一會。

應該是雄性動物吧……我說。

「沒錯，就是這樣。雖然這有點岔題，不過現在這個時代利用社會地位搞女人是主流。我是醫生，我將來是醫生，我是衆所皆知的大公司職員，大家喜歡標榜自己的身分就是因爲這樣。

「女生面對這種狀況也很焦慮。雖然馬龍．白蘭度演的是一個既沒教養又沒品的畜生，但那是演戲，現實中的馬龍．白蘭度是一個非常聰明的人。先前我在美國的時候喜歡上一個女生，她頭腦非常聰明，知道自己必須接受自己喜歡我這麼野蠻，可是我們最後還是分了。你知道嗎？越聰明的女生越想要完整的雄性特質，包含獸性在內，那些只會盯著社會地位看的女生眞的很蠢，完全搞不清楚狀況。我是因爲後來自己察覺自己的本質並沒有那麼MAN，沒辦法用總體的雄性特質跟別人一決勝負，所以才選擇在組織裡面生活。爲了下定決心，我去了波士頓市中心……」

我想那個女生一定非常非常棒，因爲我完全不認爲我這學長沒有雄性魅力，一定是因爲那個女生認識比他更棒的男人吧。

所以，你聽到哪一首歌呢？
「是一首嚮往雄性特質的聰明女人之歌喔。」

安靜　只要待在這裡對我笑
什麼都別說
別再提口紅的過錯　我全都接受
因爲我著魔
只有你在我心窩
自由甘願被剝奪
我知道大家都說　你騙我
是眞是假無所謂
只要你在我身邊我就很快活
所以
什麼都別說
你是我所有的痛苦　所有的歡樂　是我的寄託

你知道嗎？
什麼都別說

像晨曦一樣溫柔

Softly As In a Morning Sunrise

那間JAZZ BAR到底在哪裡？那裡有位女歌手，唱著撫慰男人的歌。有人說它在銀座的僻巷中，也有人說是在六本木的墓地裡。如果只是單純搞不清楚是銀座還是六本木，那還可能是因爲酒醉記憶模糊，可是有人說那間店在紐約、洛杉磯、波士頓、華盛頓、茂宜島，甚至還有人說在法蘭克福、維也納或者是卡薩布蘭加。入口不同但是最後都會通往同一個地方，只有一種解釋行得通：中間經過異次元。就像是少年漫畫或者是廉價科幻小說裡面出現的世界那樣。

雖然這聽起來有點神祕主義的味道，不過去過那間JAZZ BAR的人全都是一些和神秘主義沾不上邊的俗人。更何況爵士樂根本和神秘主義沒有什麼關係。前陣子我常和別人聊這間店，不過有很多人都笑我說那是我喝醉的幻覺。可是很奇怪，那些笑我的人後來有四個進了那間JAZZ BAR。F也是其中之一。他在知名廣告公司工作，專門和海外藝術家簽約。

雖然日本廣告公司利用外匯存底接二連三邀請外國藝術家參加廣告演出，不過其實成敗關鍵只掌握在少數幾個人手中。知名又有實力的創作者多半都隸屬於某些經紀公司，假使你沒有個人管道，就算錢再多生意也沒有辦法談成。業界常常聽說有人帶了上億的錢去到美國，結果連經紀人都搭不上線。雖然有人說美國是個在商言商的國家，然而個人扮演的角色還是很重要；就算你端出超級有名的日本企業或廣告公司招牌，人家常常也不甩你。能幹的經紀人旗下常常會同時經營好幾位知名藝人。對於從事F這一行的人來說，手上掌握十筆歐美超級經紀人的私人電話是不可或缺的基本條件。根據F自己的說法，包含他在內，全日本只有四個人有這種能耐。

「你不是說你對這種軟派的浪漫不感興趣嗎？」我對F說。我們待在西銀座一間酒吧，這裡是廣告業者聚集的巢穴，完全沒有女生的氣息。這裡的酒沒特別好喝，裝潢也沒什麼了不起，不過廣告圈的人不知為何都會聚集在這邊。

「沒錯啊。我這個人只活在現實世界，說什麼那間店維也納也有、茂宜島也有、波士頓啦、卡薩布蘭加啦都有人遇到，這種不清不楚的事情我實在是沒有辦法相信，也沒什麼興趣。而且被女人唱的爵士經典名曲感動這種事情未免也太老套了吧。」

可是你不是去了那家店？

「我先聲明啊，我不知道你說的那間JAZZ BAR是怎樣。我去的那家店在青山，該怎麼說呢，在德國人聚集的啤酒屋旁邊，不對，好像是在滑雪用品店那邊的樣子。」

你看，你還不是記不清楚。

「嗯……我是沒有醉到那種程度啦，在青山那邊，我記得很清楚……」

眞的是在青山嗎？

「不要用這種語氣啦，被你這樣一講，我本來有自信都變沒自信了。如果有找伴一起去就好了……我知道，你說只有一個人的時候，那間JAZZ BAR才會開門對吧？那時候，不知道該怎麼說，我在搭計程車，心裡一直懸著一個疑問。」

疑問？

「嗯，我自己一個人的時候常常會想這件事。我一直有一個夢想，希望自己能作一齣完全原創的百老匯歌舞劇。雖然我認爲是現在的工作是通往理想的其中一個階段，可是當我倦怠的時候就會懷疑我自己是不是眞的有在前進？這個國家掌控金錢的人都是一些白痴，到底要到什麼時候我才有辦法做我自己眞正想做的事情？有時候這個疑問簡直就像是一團氣那樣把我整個人籠罩在裡面。那天晚上也是這樣。當時，計程車司機在聽巨人隊的實況轉播，我想找人聊天或許可以暫時擺脫那股氣就問：『司機先生，你是巨人隊的球迷啊？』司機回：『算是吧。』可是接著說：『久了習慣了就一直支持巨人，不過現在都沒有什麼喜歡的選手了。眞的要說的話，應該是長嶋吧。』聽起來感覺好落寞。」

長嶋？

「嗯，長嶋茂雄❶啊。問了以後，那個司機最嚮往的對象竟然是長嶋，他是光榮的象徵，甚至比那更偉大。長嶋引退之後，他就一蹶不振好像變成一個空殼。說到這個，搭計程車的時候我想起過去長嶋經常會出現在《少年magazine》和《少年Sunday》❷的封面。」

像王貞治啦，還有相撲力士之類的也都常會出現。

「對啊。爲什麼現在都沒了呢？沒有哪本少年雜誌選千代的富士❸當封面，連清原❹也沒有。清原無論是素質天分還是比賽成績都比長嶋更上一層，而且不是說喜歡棒球的人一直在增加嗎？爲什麼這種人反而沒有被登在少年雜誌的封面上啊？你知道現在年輕人看的雜誌封面都登什麼嗎？都是女人和衣服。刊一些像傻瓜一樣嘻嘻笑的年輕女孩子和義大利風格的時裝，有時候連流行的髮型都能登上封面。我常常在想，這到底是怎麼一回事。」

這個時代沒有英雄嗎？

「不對，情況比這更嚴重。說什麼英雄很麻煩啦，英雄很悶啦，心態和以前完全不一樣。長嶋已經成爲過去那個年代的象徵，當我思考這件事情的時候，自己好像掉進亂流一樣，覺得很孤單。小孩只不過是在反映成人的世界觀，女人、衣服，除此之

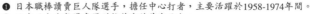

❶ 日本職棒讀賣巨人隊選手，擔任中心打者，主要活躍於1958-1974年間。
❷ 日本三大少年漫畫周刊雜誌中的其中兩大。
❸ 日本昭和年間最強的相撲力士之一，戰績相當輝煌。
❹ 清原和博。日本職棒選手，曾先後加入西武、巨人、歐力士等隊。加入職棒首年即成爲新人王，創下諸多驚人的打擊紀錄。

外大概是車子吧，這種狀況你接受嗎？這種現象已經變得非常嚴重囉，和環境問題比起來，這種問題還更嚴重。我覺得自己實在是太清醒了，突然變得很害怕想要找間酒吧進去喝，就在這時候，我發現一個讓人覺得很親切的霓虹招牌。在那邊，我聽到一個很老派的外國女人在唱歌，唱出一種一切都還尚未改變的聲音……」

愛的光芒像晨曦一樣溫柔
悄悄籠罩新的一天
然而隨著烈日當空
光線越來越刺眼
炙熱的吻　封住背棄的誓言
戰慄的熱情　把人引向天邊
毀滅愛意的激情　讓人墜入熔岩
像落日一樣溫柔　是故事的終點
曾經照耀你的光　全都消失不見

帶我去月球

Fly Me To The Moon

「義大利眞是太棒了。」從小一起長大的老朋友K說。

我反問他：義大利到底哪裡棒了？

我們在東京近郊的新興住宅區喝酒，氣氛和義大利完全搭不上。最近，K在這一帶蓋了自己的家。事實上，我覺得K只是太孤單，想要讓氣氛輕鬆一點，所以才拿義大利這概念來開玩笑。

「女人好，食物也好，雖然所有的東西都很好，不過最棒的還是酒吧。」K一邊環顧四周一邊回答。

這家店該怎麼說好呢，好像是把很久以前東京都心流行過的café bar和傳統式shot bar❶加起來除以二。半吊子的老闆沒有辦法決定風格找了半吊子的設計師來設計，就弄出這個不倫不類的空間。

「眞要說義大利什麼最強，那就是酒保啦。任何國家的酒保都贏不過義大利人。儀態完美結合狂野與深沉，做出來的調酒也很順。從飯店的高級酒吧到那種只喝得到廉價白蘭地❷的市井勞工階級聚集的小酒館，每家店的室內裝潢都很

❶ 日本自創的和式英語。特指以杯爲單位販賣威士忌等酒類的酒吧。
❷ Grappa，用釀紅酒剩餘的葡萄渣滓釀造的白蘭地。

有整體感，每個客人喝酒都喝得很理直氣壯。」

理直氣壯？

「就是客人和店家很合啦。話說回來，你覺得這家店怎樣？」

還不錯啊。我說。雖然眞要撂狠話，我可以舉出無限多的缺點，不過因爲我意識到這會連帶批評到K住的地方，所以就自我消音了。K是從演唱會、活動企畫、製作之類的工作發跡的，以前有一段時間我們玩得很瘋。雖然他本來住在市中心的社區大樓，不過不知道他家裡發生什麼事，又跑到郊區買了一間獨棟的公寓。我沒有具體問他「家事」的細節，因爲我覺得這種事情如果當事人不想說就不用問。

「不錯？嗯，這麼溫和的答案眞像是你會說的。你從以前就這樣，不會指責別人的缺點，遇到別人忌諱的事情就用模稜兩可的方式回答。如果每個人的性格都像你一樣的話，這個世界上就不會出現爭執或戰爭了吧……你知道，爲什麼我會常常跑來這間酒吧喝酒嗎？」

我搖搖頭。

「我來，是爲了要弄清楚自己現在到底是什麼樣子。東京的酒吧根本就不算酒吧，雖然有極少數幾家店可以和義大利酒吧對拚，不過也都沒有什麼原創性。這家店不用提什麼原創性，這裡什麼都沒有，nothing。你喝的是螺絲起子吧？味道怎樣？

我知道，什麼都不用說。待在吧檯那傢伙一定是照本宣科依據調酒學校學的比例倒出來，然後照著人家教的方法甩攪拌器。這種貨色根本就不行。調酒是需要一定程度集中力的，重點是速度。基本上是這樣，其他不用別人教自己也會懂。其實這邊架上擺了很多不錯的酒，收集很多貨眞價實的單一麥芽威士忌，也有特殊年份的波爾多紅酒和阿瑪涅克白蘭地，五花八門完全沒有方向可言。你看室內裝潢，用了很好的板材，燈光和椅子一定也都是義大利貨，可是空間規畫很爛，你知道這表示什麼嗎？」

應該是缺乏經驗吧。你也可以說是缺乏這方面的傳統。

「沒錯，只有用過好東西的人才能判斷東西的好壞。待在這樣的店喝難喝的調酒之後，我就更清楚自己到底是什麼貨色了。」

我實在是不喜歡聽你這樣說。自輕自賤並不是什麼好事，這樣和自慰其實差不多。

「嗯……我沒有要自輕自賤，我想我還沒有慘到那種程度。總而言之，我現在是在對抗我自己的情緒。」

情緒？

「是啊，氣氛啦，空間啦，這邊沒有什麼讓人恍神的誘因。待在這種店不管你再怎樣用力都憂鬱不起來。你知道，能量低的時候人比較容易變憂鬱，我現在正拚了老命想要擺脫低潮，這樣說你應該懂吧？」

雖然我懂你的意思，可是好像不用採取這麼激烈的手段吧？你眞的是有點奇怪，發生什麼事了嗎？

K聽完我的話，乾脆回答說：「我有外遇啦。都有一點年紀了卻喜歡上一個二十二歲的女生。你知道我很珍惜我老婆，我還沒有出頭的時候她就一直在旁邊支持我，也很了解我。另外那個二十二歲的女孩子她是學跳舞的，該怎麼講，雖然她個性有點怪，卻拚了命在求生存。算了別提了，反正我先前被搞得一團糟。我是爲了消除這種混亂狀態才跑到這邊蓋房子，就是這樣。」

那個二十二歲的女生咧？

「跑去紐約了，好像完全不把我們的關係放在心上。她從以前就一直說她想要去，而且她身上也具備了某種特質。我們的關係沒有未來；和她一起從頭來過，我也沒有辦法承擔。當我發現這件事，我才突然知道我自己到底失去了什麼。嗯……或許該反過來說，不是失去什麼，而是我自己心裡原本就沒有那些東西。」

聽K說完這些，原本我想請教他知不知道那間JAZZ BAR，不過最後還是算了。我想會在郊外經營住處的人應該不會跑去那間JAZZ BAR吧，即使蓋房子本身只是一種手段。

「沒想到調酒這麼爛還是會醉……」K開始仔細描述那個二十二歲的女孩，其實他是在對自己說。說的內容和其他人差不多，都是一些無聊的瑣事。

「那個女孩到底有多愛我……我們眞的覺得自己有特權嗎……」看他這樣，我想他是沒有辦法擺脫低潮的。

帶我去月球
在星空中起舞婆娑
換句話說
請擁抱我　吻我
用你的歌把我塡滿
讓我崇拜和禮讚
換句話說
希望你眞心承擔
換句話說
深愛你的是我

K沒有機會到那間JAZZ BAR聽這首歌是幸還是不幸，我不知道。沒有任何人知道。

我和一個老朋友在青山的酒吧喝酒。我喝的是加冰的波本，他喝金巴利蘇打。先前我朋友一直在當編輯，一周前終於離職，我很喜歡他做的雜誌。說到做雜誌，其實他並不是當總編；他的生活原則是「男人應該怎樣生活才快樂」，所以他都是用獨立編輯的身分去非洲、南美或者是中國取材，做各個地區的專題報導。這相當符合他的個性。

當我問他爲什麼辭職，他回說「他要在肯亞建旅館」，讓我大吃一驚。旅館？

「嗯，請了很多強壯的黑人工人。那個地方很棒喔，有很多很多動物，風景像仙境一樣漂亮。」

你從以前就有這個打算了嗎？

「我以前不是認識一個肯亞的畫家嗎？從那個時候開始我就和肯亞有了一些牽連。後來慢慢就發展到募集資金建旅館這一步了。」

現在像銀行職員一樣乏味的編輯越來越多，相較之下我那朋友沒有在算那些成本自己花了上千萬，這種人眞的相當可貴。幾年前我還待在廣告公司工作的時候，我們幾乎每天晚上都見面，而且每次都會一起喝到天亮。

「別提我的事了，你最近如何？」

什麼如何？

「還是像以前那樣喝嗎？」

這麼說來，通宵喝酒的次數的確是變少了，年紀大了吧。

「這和年紀無關吧，是不是因爲你覺得沒意思了？帶銀座的女人一起去六本木喝酒胡鬧，在新宿二町目附近迎接黎明……這種事情已經不刺激了。」

以前會比較有趣嗎？

「嗯……該怎麼說呢？總而言之是人的問題吧。現在人變少了。大家不管是去玩還是去工作統統都跑到國外去了，現在東京的夜晚已經遇不到什麼有趣的傢伙了。」

幾年前我們幾乎天天晚上見面喝酒，那時候我們到底都聊些什麼呢？我完全想不起來。恐怕只是自己隨性談論一些自己感興趣的事情吧，沒有什麼眞正的討論，說話也沒什麼內容。我們不說其他人壞話，也不討論當時的社會現況，雖然常聊女人，可是也不會聊什麼驕傲事蹟或者是自己有多愚蠢。「……因爲古柯鹼是從鼻子的黏膜吸收，所以塞到女生的屁股裡應該也很有效……」「原來如此，我這次去南美的時候再找機會試試看……」我們的談話內容都是由這些白癡話題所構成的，簡直就像是小學高年級的學生一樣。

只有一件事情我記得特別清楚。以前我拍過一部非常非常失敗的歌舞片，那時候，我們兩個人在當時流行的café bar喝酒，店裡在播當年超級熱門的MV——麥可·傑克森的〈Thriller〉。我朋友說：「嘿，你看，那傢伙是黑人。跳舞我們是跳不贏黑人的啦，因爲他們從很久很久以前打獵抓獅子的時候就一直跳到現在，可是我們的祖先都只會在田埂上面散步……」他會用這種方式安慰我。

「話說回來，你是從什麼時候開始跑這家店的？」他問我。

我搖搖頭回答：「你在說什麼呀，今天晚上我是第一次來這邊。」

「你不是說我們就約在這裡等嗎？」

「是啊。因爲我想在這附近和你聊聊，出門亂晃之後心想先喝一杯再說就跑進這家店了。」

「啊，是這樣啊？不過這間酒吧眞是不可思議，金巴利很好喝，簡直就像是待在北義的休閒度假村一樣。」

這家店很小，吧檯只能坐七、八個人，除此之外只有三張桌子。除了我們兩個之外，店內沒有其他客人。裝潢以黑色爲基調，雖然不醒目，但是讓人感覺很放鬆，牆上點綴著一些小小的塗鴉，畫了些表情憂鬱的女人。酒保獨自站在邊上的陰影中，看不清他的臉。

「嘿，這邊裡面是通往餐廳還是什麼店嗎？」我朋友指著店內的門問酒保。酒保用一種奇妙的聲音回答，聲音聽起來好像是用老式錄音機播出來那樣：

「裡面不是餐廳，是一間JAZZ lounge……」

「JAZZ嗎？」我朋友喃喃說。

「雖然我喜歡藍調，不過，反正它們就像兄弟一樣，就去看看吧。」

我們帶著彼此的酒杯打開那扇門。沉重的緞面門簾掀開，人群的細語就像清脆的耳鳴那樣傳來。客人的臉龐和店面的環境都隱沒在黑暗中，沒有辦法辨認，演出似乎正要開始。鋼琴前奏響起的時候，我朋友突然說起一件往事：

「我有一件事情想要感謝你。先前我不是和那個可愛的畫畫的女生分手嗎？那個女生一直哭。後來你完全不提這件事情，帶我去卡拉ＯＫ，還唱〈Fly Me to the Moon〉給我聽。那時候我狀況很差，聽到那首俏皮的歌，眞的覺得很開心。」

我模模糊糊想起當時的情況。他的女朋友在商量分手的過程中一邊哭一邊一塊一塊把牛排吃掉，然後說「眞好吃」。雖然牛排眞的是很好吃，可是在那種情況下可以感覺到「好吃」而且還可以發表感想，這種女生眞的是讓我感到相當敬畏。

帶我去月球
讓我在群星間遊蕩

讓我體驗一下
金星和火星的春光❸
你說你不會離開
你說吻我很棒
你說要永遠爲我唱
我會一起唱
你是我的一切
請不要說謊
愛我　一如以往……

當女歌手唱起歌來的時候，我終於發現，這裡就是那間傳說中的JAZZ BAR。我朋友和我完全沉溺在這氣氛當中不知點了多少歌。我們喝到連什麼時候離開的都搞不清楚，已經好久好久都沒有像這樣一路喝到天亮了。爲了歡送我那位即將前往非洲的朋友，這間JAZZ BAR終於爲我敞開大門了，不知是不是這樣？

我和那位前往非洲的朋友一起走訪JAZZ BAR之後，有兩、三天我都完全不碰工作。不是說我不能做，而是因爲我知道年紀到了三十後半之後，如果心裡記掛某件

❸ 村上龍這本書中引用的經典名曲歌詞多半都經過大幅改寫，很難逐一比對原歌詞。然而這邊特別註明是因爲狀況有點不同。原曲是用Jupiter and Mars，也就是木星和火星，這和意譯改寫比較沒關係，可能是村上龍無意間弄錯。在這節當中，這個狀況總共出現四次。不過，或許也可以當成是村上龍過度詮釋，刻意想要用Venus（金星＝愛神）來替換，至於換掉的爲什麼是木星而不是火星，就要問作者了。

事，做那些固定的事務工作反而會轉移掉自己的注意力。

我一天要見好幾組客戶，閱讀企畫書、合約還有分鏡，還要接十幾通電話。這些工作量一如以往，我知道我可以好好處理掉，可是我卻一直在想我在那間JAZZ BAR聽到的〈Fly Me to the Moon〉。我自己會唱的英文歌只有幾首，〈Fly Me to the Moon〉是其中之一，因爲我會背歌詞。從以前到現在，我聽過好幾百種各式各樣的改編和演唱的版本，但是那間JAZZ BAR的女歌手唱起來的時候我卻覺得非常新鮮，而且還有一種奇怪的親切感，不知不覺身體就被吸過去。不管我再怎樣回想，我都找不到類似的經驗。

有一個比我大的影迷朋友曾經告訴過我一個故事。二戰結束之後，他聽說有一部英國導演的經典電影叫做「黑獄亡魂」❹。當時他迫不及待想看那部片，可是當時日本還沒有任何進口電影的管道，所以他只好先弄音樂來聽。當時安東．卡拉斯❺幫電影演奏的齊特琴主題曲在全世界都很紅，他每天就一邊聽音樂，一邊期盼那部片。兩年之後，那部電影終於上映了。他才剛看到片頭字幕搭配齊特琴特寫，聽見主題曲的旋律，就已經淚流滿面。

「被人家笑也沒有辦法。當時我真的很難想像這個世界上竟然有這麼美的音樂，感覺自己好像被某種安詳的氣氛包了起來。」

❹ The Third Man，一九四九年由卡洛．李導演的英國黑色電影。曾被選爲英國百大電影的第一名。

❺ Anton Karas，1906-1985，維也納齊特琴演奏家。以「黑獄亡魂」原聲帶中的演奏最爲人所知。

我的經驗可能和他的感覺很像。那位長輩在看到電影之前，已經在無意識之間聽了好幾百遍的主題曲。雖然我不是爲了去那間JAZZ BAR聽歌才特地聽好幾百遍〈Fly Me to the Moon〉，不過經歷神秘體驗，接觸到超越歌曲本身的力量，在這方面我們的感覺或許很類似。

只能用「神秘」這個字眼來形容。

除非是在國外的特殊場所遇到，否則大部分去過那間JAZZ BAR的人都會回去原來的地點找，想要再確認一次自己是否在作夢。我也不例外。隔天，我馬上就跑去青山找那間店。首先，我先找那家去非洲的朋友跟我一起去的酒吧，可是沒有看到類似的店。就像這樣，白天先找一遍，晚上又再跑去。雖然有試著跑進幾間感覺比較接近的酒吧，可是都不是先前那家。

我試著自問：那間酒吧是怎樣裝潢，放了什麼樣的酒，酒保又是什麼樣子？可是記憶非常模糊。有一個吧檯，然後兩張桌子，最多三張。照明非常陰暗。音樂我完全想不起來了，即使有在放也是把音量壓得很低。而且我對酒保完全沒印象。雖然我連喝什麼品牌的蘇格蘭威士忌都搞不清楚，可是印象中加冰的威士忌眞的非常好喝。我朋友雖然喝的是金巴利蘇打，但是他也覺得品質好像是義大利度假村的東西一樣，對此感到相當佩服。

「無論是現實中的店也好，是你們幻覺中的店也好……」我常去的青山那家，就我所知，全日本螺絲起子最好喝的那家酒吧店長跟我說：「我想那間酒吧具備了所有優秀的條件。」

正如他所說的，所有的東西都設想周到，酒保音量不大，而且端出來的酒比任何地方都好喝。如果眞有這種酒吧，任何人都會天天去報到。

「這樣的結果應該算是不錯吧？因爲你先前情人節那時候就很關心那間JAZZ BAR。」

眞的，我以前從來沒有想過我也可以去那家店。

「你聽到的歌也很好啊，是〈Fly Me to the Moon〉吧？這首歌大家都知道，也有很多人翻唱bossa nova的版本。雖然曲子本身感覺很簡單，但是卻是貨眞價實的經典。你說那首歌是爲了你那朋友唱的，所以曲子應該是那間JAZZ BAR的歌手選的吧。不過你都沒有想過，挑這首歌的時候背後會有其他理由嗎？」

聽他這麼一問，我才發現其實問題點很多。我第一次去紐約的時候，當時交往的女朋友買了新的內褲給我。那條內褲的款式就當時而言非常刺激，在特殊部位用金色的線繡了「Fly Me to the Moon」的字樣。那條絲質內褲很美，我得意忘形覺得自己眞是有品味，結果在某次喝醉的時候送給另外一位女生當禮物。我根本忘了這件事以爲我是送給我女朋友，還在她面前曖昧唱歌，結果害她生氣罵我說：「你爲什麼沒有穿我送的禮物！」這件事情可以說是導致我們後來分手的導火線。

「光是這種事情應該沒有辦法進那間JAZZ BAR吧。」

還有一點。曲子最後的反覆樂句❻有一段歌詞「in other words」原本是「換句話說」的意思，可是我長年來都以爲是「in other world」。

「原來如此，好像聽過這種說法。」

這兩句意思差很多耶。

「可是，我也不覺得那間JAZZ BAR會爲了矯正你的誤聽開門耶。結果你搞不清楚自己爲什麼可以進去，也搞不清楚這家店到底在哪裡……不對，連你是不是眞的曾經去過都無法確定。」

所以咧？

「沒有啦，我只是在想，如果自己能開一間這樣的店那該有多好。仔細想想，酒吧或爵士樂最理想的狀態，確實就像你所說的那樣。」

到底該怎樣做才有辦法再去那家店啊……

「你要不要試著把『話語』和『世界』這種誤聽推到極限看看？」

❻ Riff，爵士樂反覆演奏的樂句，或者即興演奏的原始旋律。

讓我在星空耍賴
然後教我火星和金星的
無重力的愛
在別的星球擁抱你
接吻的滋味也不壞
我的心裡
有一首永恆的歌謠
你是我
唯一的驕傲
在別的星球要誠實
距離遙遠也別設圈套
即使你不在身邊
我也把你當成寶

我在六本木街角一家新開張的簡易啤酒屋遇見過去廣告公司的朋友。這家店是啤酒製造商開的，他們利用路邊的狹小空間規劃出一間五至十坪的店，店裡的顧客幾乎全都是二十出頭的年輕人。這天下午三點多依舊豔陽高照，我想要補充一點水分。一走進店裡，我就看到他迎著午後的陽光自顧自喝著啤酒。

「眞奇妙，我今天一直覺得好像會遇到你。」

當我走到他對面坐下的時候，我朋友對我說。先前我們是同一梯進公司，工作部門也一樣，可是他做兩年就辭職了。他是關西製藥公司老闆的獨生子，高中時期做過飛車黨首領，非常有個性。我還記得他辭職的時候，不知道爲什麼感覺自己好像鬆了一口氣。雖然他沒有什麼特殊才能，不過他這個人好像有一種磁場，只要待在他身邊就會覺得自己變得很渺小。聽到這種人跟我說「感覺好像會遇到我」，讓我心跳加速了一下。我們已經有十四、十五年沒見面了。

乾杯之後他問：「你好像也離開公司了對吧？」我點點頭。

午後的陽光注滿整家店。這邊四面都是壓克力板，空調拚命運轉沒有什麼效果；不過因爲除濕的關係，所以額頭冒汗也不至於讓人感覺不舒服。

「爲什麼你會跑到這麼奇怪的店裡來？」

因爲口渴啊，我答。可是我心裡面想的是：「你可別問什麼怪問題啊。」

「我也是。不過如果只是口渴的話可以去咖啡店啊，每一百公尺也都會有自動販賣機，啤酒這種東西到哪都喝得到。我是大概十五分鐘前進來的。先前看到陽光灌滿整間店，不知道爲什麼，我就是想要進來，很玄哪。十五分鐘前才剛剛發生，眞的很玄。就我而言，當你走進來的時候，我心裡突然出現一個念頭說：啊！我會跑到這間像膠囊一樣的怪店就是爲了要和你相見。突然感覺有點神祕。」我那朋友邊說邊喝，瞬間喝了一半。他在寬鬆的西裝下搭了一件暗色花紋的襯衫，顏色很深，花紋看不太清楚。

雖然神秘這種說法有點誇張，但是這個世界上確實有一種超乎個人意志的力量在影響我。只要一個人出外旅行就很能夠了解這種感覺。在不知名的街道上晃進酒吧或餐廳的時候，有時候不是我自己選擇要走進那間店，而是那家店發出某種力量，吸引我靠近它。

「聽說你在青山遇見一間奇怪的酒吧？」

他說的是那間傳說中的JAZZ BAR。他應該是和我那位去非洲的朋友見面，從他那邊聽說的，那位去非洲的編輯是我們共同的朋友。

「你好像不知道我離開公司之後在幹嘛，不過這不重要，重點是那間JAZZ BAR。那家店到底怎樣？能不能說一下？」

我一來喝完啤酒已經解渴，二來沒有什麼可以討論這件事情的對象，結果滔滔不絕起來，完全忘記我和這位朋友已經很久沒見。自己和〈Fly Me to the Moon〉這首歌的關係、和朋友一起去的那間BAR的氣氛、JAZZ BAR開門時客人的騷動、令人覺得似曾相識的女歌手印象，還有去那間JAZZ BAR之後產生的倦怠感……我把這些全部都告訴他了。

「原來如此，就印象模糊來說，你還是記得很多事情嘛。」

聽他這麼一說讓我覺得有點不爽，後悔跟他表白這麼多事情。感覺好像被人家敷衍說：雖然你覺得很驚訝，可是這種事情其實很普通。我朋友發現我生氣，跟我道歉了一下，然後開始跟我解釋整件事：

「……我個性很強，又很任性，帶著一些自我毀滅的特質，可是事實上我的本性並不是這樣。我只是想要在親人無法干涉的地方生活。我家不只是一間製藥公司，旗下經營的領域涵蓋了生化、食品等等各式各樣的產業，是一間多元經營的大企業，光是想要逃出它的勢力範圍就已經很困難，簡直就像是把整個國家當成是自己的對手一樣，你知道嗎？即使我默默消失跑到倫敦的學校洗碗打工，過了幾個禮拜之後，銀行戶頭不知不覺之間就會有錢自動匯進來。我試著跑去印度、非洲或者是南美這些我們家沒有開分公司的地方，可是我終究還是喜歡城市。最後，我偷偷去了紐約。

「雖然我偷偷去，可是我家的錢還是窮追不捨湧來。這時我改變主意想用這些錢當資本開一間舞廳。因為我不知道該怎麼經營，就開始找夥伴。我遇到一個垮世代❼的

❼ Beat Generation，通常用來指稱50年代美國文化圈的一群藝文人士，以及他們的創作所帶來的文化影響。垮文化主要的核心價值包含反抗美國主流價值、藥物經驗、另類的性行為，以及東方的靈性思想。經典作品有艾倫·金斯堡「嚎叫」、威廉·布洛斯「裸體午餐」，以及傑克·凱魯亞克的「在路上」。這股文化解放風潮可以說是之後60年代嬉皮文化的濫觴。

傢伙，頭都已經禿了，可是他在紐約開十幾間舞廳和俱樂部都很成功。他是德俄的混血兒，是在破壞與建設當中賭命的男人。他開俱樂部的時候會召集一堆有品味的人，只要開始有俗人出現就把店關掉。他就這樣反覆操作。可以說是引領紐約俱樂部風氣三十年的傳奇人物。當我第一次遇見他的時候，他問我：

『你聽過〈Fly Me to the Moon〉這首歌嗎？』我點點頭。

然後他繼續問：『你覺得怎樣？』

我不知道該怎樣回答才好，陷入沉默，結果他說：

『那首歌裡面包含了所有的眞實，你懂嗎？』

我不知道該怎麼講，當時他用一種非常悲傷的表情對我說了這句話。對於那時候的我來說，我是沒有辦法懂的。我們待在東村一間位於二十三樓的閣樓，房間裡映滿哈德遜河反射的夕陽餘暉。他坐進一張義大利的皮沙發，整個身體好像陷進去一樣，然後用枯槁的聲音開始唱，好像要斬斷對於這個世界的所有期望……」

帶我去月球
讓我在群星間嬉戲
不同星球的夢
究竟應該怎麼比？

火星的夢，或者金星……
換句話說
緊緊擁抱我
親愛的，吻我
你是我的唯一
所以……帶我去月球
讓我在群星間嬉戲——

「……有生以來我還真的是第一次聽到這麼悲傷的〈Fly Me to the Moon〉。當他唱完之後，瞇起眼睛眺望哈德遜河的夕陽，暫時靜了下來。」

我朋友說到這邊，又續了一杯啤酒。男店員穿著印有蝴蝶結的T恤，緞面的運動褲，套著包覆腳踝的球鞋。

馬路對面的高樓恰好遮蓋天空，所以夕陽只投射到這間膠囊酒吧。這種感覺很神奇，好像全世界只有自己的位置被探照燈打亮……

「那個人就這樣停下來等我的反應，簡直就像是用歌聲在試探我，用這個來決定他該不該幫我。我不知道該怎樣做才正確，就這樣回答：『這首歌還是用bossa nova的節奏唱比較好。』在那傢伙沉默二十分鐘之後——可是我一說完，他就笑了，然後問我說：『你不是想要問我舞廳規畫嗎？』雖然我不清楚原因，不過這表示他把我當作同伴了。我們一起開了一間名叫『Jupiter』的迪斯可舞廳，哇！眞的是非常成功。」

那是一間什麼樣的舞廳呢？我問。開始喝第二杯啤酒。

「現在回想起來沒有什麼了不起，就是把管線全部外露，電梯也用老式的包覆鐵欄杆那種。想想覺得有點像是『銀翼殺手』❽的世界。有些地方會刻意讓水從天花板啪搭啪搭流下來，有些管線也會刻意破壞讓煙冒出來。雖然只開兩年就收掉了，但是眞的是非常成功，我終於感覺自己擺脫父母獲得自由。」

後來呢？

「之後好運接二連三。我成爲紐約俱樂部圈的名人，和來紐約玩的日本女星啦、舞者啦之類的玩一些糟糕的遊戲，甚至沉迷過藥物。生意方面，我在七十七街開了一間融合日本茶道風格的高級酒吧，那家店到現在都還在營業，雖然我已經不是老闆了。」

你和那位傳奇人物合作一直都很順嗎？

「嗯……慢慢聽我說嘛。那傢伙眞的很奇怪，雖然我們是夥伴，可是他沒做什麼實際的事情。『Jupiter』的點子全部都是我想的，像是照明啦、ＤＪ啦、所有的事情都

❽ Blade Runner，一九八二年由雷利·史考特拍攝的經典科幻片。

是由我做決定，他只是把他的名字借給我而已。唉，不過他的名字眞的是非常有效，如果要和銀行之類的人打交道，只要報他的名字就一定會成。而且他還介紹各式各樣的專家給我，譬如像燈光設計、電腦系統工程師之類的，不管對方多忙，他只要一通電話馬上就約到。那個人喔，我不知道該怎麼說，有點像是觸媒那樣，他只是做仲介，讓A和B結合在一起。

「『Jupiter』成功一年之後，我搭上了一個二十四歲的日本年輕女星，不過她背後有人包養。這種事情很常見。那個女生很時髦，包養她的金主也不是做不動產業或證券業的，詳情我不是很清楚。那時候我虛張聲勢耍帥說：『我沒有想要把你擄走的意思喔。』可能是因爲當時我比她的金主更有錢有勢吧。不過，我不是那種會想要搶別人女人的人，現在也不是。總之，我在紐約和那個女演員見面，一起去加勒比海，周遊義大利的度假勝地，從卡布里島、科摩湖、伊斯基亞❾、波多切佛❿、波西塔諾⓫、聖雷莫，一直到西西里的陶爾米納⓬……三十五歲男人可以享受的豪奢與快樂我全都試了。然而這時候發生了一個很常見的狀況，我越喜歡那位女演員就越在意她被人家包養下不了手，到頭來，那個女星跟我放話：『你不想把我搶走是因爲你不愛我』，兩個人弄得亂七八糟就結束了。如果我是什麼有才華的電影導演或許還可以找這個女演員去拍電影什麼的，找些其他的出路，可是我就是沒辦法。

❾ Ischia，距離那布勒斯三十公里的一個火山島，每年吸引許多觀光客前往進行溫泉及火山泥療養。
❿ Porto Cervo，位於義大利薩丁尼亞島的著名度假勝地。
⓫ Positano，南義著名的海濱美景小鎮。
⓬ Taormina，充滿希臘羅馬時代古蹟的觀光山城。

「我們最後在羅馬道別，臺伯河倒映的月色很美。分手那天夜裡，我見到了你在青山遇到的那家JAZZ BAR，聽到〈Fly Me to the Moon〉這首歌。回到紐約之後我跟我那夥伴講，沒想到那傢伙竟然賊賊地笑，說那間JAZZ BAR是他開的。」

耶？我突然感覺啤酒梗在我的喉嚨。

「那傢伙是那間JAZZ BAR的老闆啊！他完全沒有說他到底是怎麼辦到的，只說那不是單純用物質就可以建構的。他十三歲的時候在他媽媽避難的德國偏僻鄉下開了第一間酒吧。從那時候開始，世界各地已經有將近五百家的酒吧、夜總會和迪斯可誕生自他的手中。在所有他開的店裡面，他最得意的經典傑作就是那間JAZZ BAR。聽到這個你有什麼感想？」

我完全不知道該怎樣回答。即使知道那間恍恍惚惚的JAZZ BAR有人在經營，我也不見得就能夠回答什麼。還有，「不是單純用物質就可以建構的」這句話，到底是什麼意思？

「那間JAZZ BAR是那傢伙的夢。它會在任何都市、任何度假勝地現身。只要甜美慵懶的女歌手和美味的酒一出現，客人就會記憶朦朧。啊，還有一件事或許是他在吹牛，那傢伙說他在規劃的時候有參考過電影『鬼店』⓭裡面，傑克·尼克遜經過的那間舞廳裡的酒吧。」

⓭ The Shining，一九八〇年由庫柏力克導演的經典驚悚片。

我們兩個默默喝完第三杯啤酒。道別的時候，我朋友遞給我一張名片。他現在離開紐約，在巴黎、米蘭和羅馬經營會員制的健身中心。

藏在〈Fly Me to the Moon〉這首曲子背後的眞相到底是什麼？

我還有辦法再去一次那間JAZZ BAR嗎？去的話能夠找到答案嗎？

帶我飛向月球
然後讓我在群星間遊蕩
火星和金星的春天到底是怎樣
我眞的好嚮往
所以　請讓我
去其他的星球流浪——

枯葉
Autumn Leaves

「原來事情是這樣啊。雖然聽起來像科幻片一樣，不過不知為何感覺很有說服力。」

因為我想找人聊那間JAZZ BAR，結果最近每天晚上十二點我都跑去那間青山的酒吧。

我一邊喝螺絲起子一邊跟店長聊天。能聊那間JAZZ BAR的人很少。首先，女人就不行。如果那個女的無法理解男人與生俱來的弱點——那些優柔寡斷和模稜兩可——那和她聊這個沒什麼意義。如果是和可以理解的女人聊，又讓人覺得好像應該要回饋她們一點好處。

要跟男人聊這個也是要挑對象。對方必須了解過去所謂那種「存在的焦慮」——不是經濟的焦慮；必須能夠體會，有時候人會在自己搞不清楚理由的狀況下陷進某種狀態；必須要有智慧，能夠把自己客觀化進行自我批判；必須熱愛酒和爵士樂；最後，必須要有優秀的教養，知道該怎樣寬恕自己。

這間酒吧的店長具備了所有的條件，搭話的時候分寸都拿捏得很好。聊那間JAZZ BAR的時候如果一直追問「然後呢?然後呢?」氣氛一下子就會被打壞。

爲什麼你會覺得有說服力啊?

「雖然有很多事情不清不楚,不過感覺在那背後有一些很扎實的條件撐著。」

我不懂。

「我好像說過,就一間酒吧而言,那間JAZZ BAR具備了所有優秀的條件。」

你說恰到好處的燈光和酒保嗎?

「是啊。除此之外,當然還要有好喝的酒和讓人放鬆的音樂。這些條件看似容易實際上做起來很困難。」

完美的酒吧……不知道爲什麼,總覺得哪裡好像不太自然。

「其實一家店會出現什麼味道有一部分是靠客人。雖然說是店家吸引客人來,可是店裡的氣氛是彼此相互營造的。不過……」

不過?

「〈Fly Me to the Moon〉這首歌一直都讓我覺得哪裡怪怪的。」

你的意思是?

「不知道該怎麼說耶,先撇開它好像不是什麼熱門曲目這一點不管,就一首經典老歌來說，它的內容眞的是很老套不是嗎？」

批評它老套太狠了啦，我很喜歡這首歌說。不過我知道你的意思啦，你心目中的經典老歌是經過千錘百鍊，沾染手澤很有韻味那種，可是……

「所有的爵士經典老歌都具備這樣的特質啊。現在這個時代，連紐約的爵士俱樂部裡面都沒有識貨的人了，都是一些去見世面的鄉巴佬和日本觀光客。」

我了解店長的意思。我在意的事情和他差不多，不過我眞的不知道該怎樣表達我的感覺。爵士經典老歌沒有辦法和莫札特之類的古典樂並列作比較，因爲莫札特不會沾染手澤增添韻味。但是如果是和披頭四並列呢？打從一開始披頭四就是大家摸得爛熟的東西，而且不老套。

不過回頭想想，〈Fly Me to the Moon〉這首歌剛發表的時候應該也很新鮮吧。

「這首歌的確是越想越不簡單，可是不知道爲什麼聽起來還是讓人覺得很不好意思。」

人有時候會被〈Fly Me to the Moon〉這種歌突然打到，完全不會不好意思。

「這只是缺乏抵抗力而已吧？話說回來，那間JAZZ BAR除了多愁善感之外，應該還有一些其他的魅力吧？」

怎麼說呢？我也不知道有沒有咧，因爲我只有一些片段的印象，只剩感覺而已。

「說是這麼說，可是我們每個人的記憶力應該都一樣，最後都只會剩感覺啊。」

但是像維斯康提❶的電影裡面，突擊隊在晨霧中進行大屠殺的場景我就記得非常清楚……結果我們這樣聊一聊感覺好像只是一直在兜圈子。你覺得怎樣？你會想要去那間JAZZ BAR看看嗎？

「當然。假使有機會的話。可是沒有那麼簡單吧。」

該怎麼辦呢，就我來說，現在無論怎麼想都覺得只有無聊之門會爲我打開。

「你還想再去那邊看看嗎？」

嗯嗯很想去。

「那家店該不會像毒品一樣吧。」

毒品這種東西只要你敢擔負風險去該去的地方就可以弄到了。

「你要不要去紐約看看？」

耶？

「去找你那朋友的夥伴就好啦。」

店長半開玩笑提議的時候，我突然感覺頭皮一陣發麻。我要去紐約找他，這個念頭瞬間在我腦海中成形了。

「這個世界上應該已經有幾千人去過那間JAZZ BAR了吧？怎麼好像都沒有其他感

❶ Luchino Visconti，1906-1976。義大利知名劇場、歌劇、電影導演。

興趣的人在調查？」

有沒有辦法帶攝影機去那間JAZZ BAR呢？不是為了做節目或是拍來賣錢，而是為了自己可以在家欣賞作紀錄，這樣不知道可不可行？想到這，雞皮疙瘩突然從我的腳底一路爬上來。我想，說不定替那間JAZZ BAR拍片作紀錄，是我命中注定的工作也說不定。不過這個想法實在是太蠢了，我馬上就把它驅逐出我的腦海。

「有沒有其他比〈Fly Me to the Moon〉更老套的老歌呢？」我問老闆。

「這個嘛，〈Autumn Leaves〉不知道算不算？」

當我想像自己在那間JAZZ BAR聽〈Autumn Leaves〉的時候，我又開始頭皮發麻。假使是女人，就會說自己已經濕了吧。

枯葉落窗緣
紅印滿秋天
回憶他柔軟的唇
仲夏吻那片
黑黝黝光滑的手
緊握在身邊
自從他離開　已經過了好多年

很快又要再迎接　痛苦的冬天
一切都改變
當秋天落葉四散時
一切都改變
什麼都不見

親愛的，我需要你

Lover, Come Back To Me!

雖然我已經開始準備打包去紐約，可是去那邊還是有一堆工作要做。我只有三天的時間，要和有線電視網的熱門財經節目簽約、洽談麥迪遜廣場花園馬戲團表演的播映權、跟三位有商業潛力的畫家敲定日本代理、收集DAYTONA賽車贊助商的情報，還有其他好幾件事。紐約不愧是兵家必爭之地。

「喔，終於被派去紐約啦。」

我最近常跑的那間青山酒吧大概是全世界收集最多單一麥芽威士忌的地方。今晚我去拜訪的時候，老闆介紹了一個男人給我認識。

「這傢伙不接拍女生那一類簡單的工作所以不太有名，可是有很多人迷他。我也是他的支持者之一。」

店長介紹給我的這個男人是一位攝影師。年紀大概比我大五、六歲。雖然店長說他不有名，不過只要是對攝影感興趣的人都一定聽過他的名字。六〇年代的時候他一直待在美國，起初作品是走迷幻風格，可是他和其他那些走相同路線的攝影師不一樣，沒有瞬間被淘汰。他一直在當代攝影的領域活動，除此之外，他在商業攝影這方面也建立了相當扎實的客戶群。

那個攝影師一邊喝不加冰的愛爾蘭麥芽威士忌一邊跟我說話，簡直就像是把我當成他認識二十年的老朋友：

「像這樣偷偷摸摸好像在聊什麼祕密沒關係吧。」

店長很會看時機，把我們兩個人留在吧台旁邊就消失了。

那位攝影師一直盯著我的臉看。我覺得被名人這樣盯著有點不好意思。

「呃，眞沒想到。」

怎麼了？我應。

「你是要去找那位艾克曼對吧？」

艾克曼？

「就是開復古JAZZ BAR的那個人啊，我弄錯了嗎？」

沒，沒錯。我只是先前不知道他的名字。

「你有在嗑藥嗎？」

沒有耶。怎麼了嗎？

「我的意思不是說你現在嗑了什麼藥，只是想問你喜歡，或者是常用的藥。」

我都沒有耶。

「我現在也是都戒了。最近警察把焦點集中在舞廳這條通路，抓得很嚴。我朋友有同伴逃到香港和倫敦，感覺他們真的是很辛苦。仔細想想，這個國家很和平，治安也很好，基本上是不用避人耳目偷偷摸摸討論事情。現在大概只有麻藥這種事情不能端上檯面說吧。其實我們聊艾克曼是不用聊得這麼神秘兮兮。」

所以他的名字叫做艾克曼。

「你不知道嗎？他原本是一個學者，好像是物理學的樣子。不過現代物理範圍實在是太廣了，跟牛頓的鐘擺運動感覺已經完全不一樣了。」

攝影師說話的時候會把視線移開，可是一旦觀察他的反應，他又會反過來盯著我。雖然感覺他是那種完全不聽別人說話的人，可是他的聲音低沉又柔和，所以和他作伴不會累。還好我們聊的是艾克曼和那間JAZZ BAR，不然像他這種類型的人一定很不會閒話家常。如果我們是在一般的狀態下遇到，他應該不會理我這種普通人吧。

「你是在哪裡遇到那間JAZZ BAR的啊？紐約嗎？」

青山。

「這裡也是青山啊。」

在國道二四六的巷內，不過我搞不清楚實際地點在哪。後來我試著去那附近找過，不過都沒有看到類似的店家。耶，不好意思——您一定也去過那間JAZZ BAR吧？

「我沒有去過。」

啊，這樣啊？眞意外。不過既然是這樣，爲什麼店長會介紹我們認識呢？

「我啊，一向都是擔任聽衆的角色。譬如說我很喜歡看女人的美腿，可是我對活生生的女人不是很感興趣。我不是沒有女人緣，只是討厭和人糾纏不清。因爲這樣，所以我也不喜歡和同行建立交情。同行話題眞的很有限，每個人都在抱怨，作品都不紅，只是一群不爽的人爲了互相安慰才聚在一起。很久以前我待在美國的時候，當時ＬＳＤ之類的迷幻藥很流行，那時候我也是常常在當聽衆。該怎麼說呢，感覺大家只是想要找一個人說話讓自己平靜下來。我在這樣的狀況下聽別人提過三、四次JAZZ BAR的事。

「我想，最近可能有某條神祕的線索在我這個聽衆的心裡接上線。大概在兩個月前左右，我喝醉的時候跟老闆提到我以前的事，以前我和艾克曼見過兩次面。雖然我和艾克曼見面的時候沒有聊那間超時空JAZZ BAR，不過我想是因爲這樣的緣分，所以老闆才會介紹我們認識。」

原來如此。

「身為一個攝影師，我很講究『時間』。」

時間？

「嗯。大家提到攝影的時候不是常說『要擷取瞬間』嗎？你覺得呢？」

雖然我不太懂，不過我們應該可以從一張好照片感受到永恆吧。

「是啊。而且情歌也常常都會用『時間』當主題。」

青空高高
新月彎彎
愛意新新
熱力滿滿
我的激情在高歌
親愛的　你在哪裡
見面上回
舊情依偎
歲月紛飛

佳人不歸
我的悲痛在高歌
親愛的　我需要你

當我想起你小小的
癖好和習慣
輾轉難安
當我試著獨自回家
完全沒有伴
連綿孤單

蒼天高高
暗夜冰冰
月亮新新
愛情冷冷

我的心意在高歌
親愛的　我需要你

LOVER COME BACK TO ME!
Words by Oscar Hammerstein, II／Music by Sigmund Romberg

我再也沒法笑

I'll Never Smile Again

「『時間』對於我們的人生處境來說，眞的是影響很大。我和艾克曼聊天的時候也是在聊這個。」

艾克曼也聊這個啊？

「是啊，雖然我英文不是很好不是完全懂他的意思，不過他說了一句有趣的話。他說：『各式各樣的慾望都是從時間裡面孕育出來的……』」

時間……會孕育慾望？這是什麼意思啊。

「不知道耶，我對哲學沒轍。不過根據他的說法，人類應該要向cicada好好學習。英文cicada是蟬的意思，好像是這樣拼：C、I、C、A、D、A。」

要向蟬學習嗎？當我想要開口問問題的時候，先前喝下的三杯螺絲起子開始發揮作用，讓我微微昏了一下。腦海中浮現一隻停在樹上的蟬。

我小時候覺得在所有夏天的昆蟲裡面，蟬是最可憐的一種。因爲身體很重不是很自由，而且牠的翅膀比身體小，感覺都要拍得很激烈才飛得起來；每次看到蟬在飛都讓人覺得很緊張。不知道艾克曼說的是不是這個意思？

「蟬是和人類非常接近的一種生物，你知道為什麼嗎？」

因為翅膀很小，行動不自由嗎？

「其實我自己搞不太懂，所以我也不知道這樣解釋對不對。該怎麼說呢……對了，就生物的身體比例而言，人類的懷孕期間相當長。譬如說大象那麼大隻，好像也只懷胎兩年。」

耶——我不知道耶。

「人類的嬰兒明明在媽媽肚子裡面待了將近一年才生出來，可是看起來還是發育很不完全。相較之下，羚羊之類的動物一出生就會站，然後再過一個小時自己就會跑。」

可是那是因為如果小羊不會跑，就沒有辦法面對天敵保護自己。

「沒錯。因為人類是一種社會性的動物，所以生下來的時候才會這麼不完整。蟬也是一樣。牠們不是會花好多好多年待在地底下嗎？幼蟲時期那麼長，就是為了要把身體長好。你知道蟬科那種基本昆蟲嗎？那可以說是蟬的原型。牠雖然長得跟蟬一樣，可是身體又小又軟，簡直就像奶油，你可能沒看過。我小時候都叫牠假蟬。」

是不是待在草原裡面那種？不是樹上那種。

「對，那是蟬的原型。如果和那種蟲比，一般的蟬簡直就像是恐龍。」

不知道為什麼蟬要讓自己的身體變大變硬噢？

「變硬可能比變大更重要。你知道為什麼嗎？因為蟬的身體要叫。蟬要發出那麼大的聲音要用某種堅硬的構造去摩擦，而且要有巨大的共鳴板。公蟬發出叫聲是為了要吸引異性繁殖後代，該怎麼說好呢，這應該算是一種雄性導向的系統吧。」

誰說的，說不定是母蟬命令的啊。艾克曼他到底在說什麼啊？

「艾克曼沒有說那麼仔細啦，只說我們應該要學習蟬。後面是我自己想的。」

你是在哪邊跟他見面的啊？

「在他紐約辦公室。」

是東村那間夕陽會照進來的房間嗎？

「是啊。」

聽起來應該是我廣告公司同事聽他唱〈Fly Me to the Moon〉那間房間。

你那時候和艾克曼見面，是因為你要採訪他還是有什麼其他的緣故嗎？真是不好意思，明明我們才第一次見面，結果我老是問東問西的。

「呃——他想要幫我辦攝影展。主要是因為我替一群紐約知名的音樂人拍了一批作品啦。我對音樂家的日常生活啦或者是下了舞台之後的狀態之類的沒什麼興趣，只拍他們表演的樣子。譬如說路．瑞德，我想要單純表現他唱一首歌的時間。那時候我用很長的曝光時間再加上中途曝光，弄得像抽象畫一樣。艾克曼好像很喜歡這些照片。後來我們不知不覺就開始聊時間的話題，然後他就說『時間會孕育慾望』，再接下來就聊到蟬了。我是後來聽紐約攝影圈的朋友說，才知道他開了一間神秘的超時空JAZZ BAR。」

用蟬舉例也就罷了，爲什麼艾克曼要人類學習蟬呢？該不會是這樣吧：我們人類歷盡艱辛尋找生命的意義，然而蟬選擇待在地底下就只是爲了要繁殖後代。其他的昆蟲譬如說蜻蜓或蝴蝶爲了生存，都會盡可能讓自己身體變小，讓自己更輕巧更自由。可是蟬就是那麼頑固，硬是要花好幾千萬年的時間變大。

「你這種思考方式很日本。艾克曼個性苛薄又很有思想，我想他不會有什麼道德教化的意思。『爲了幾周的性愛，像蟬那麼潛入地下許多年，不去尋找生命的意義……』這種故事只有老派的小說家才想得出來。我想他的意思應該更簡單，譬如說『美好的時光總是很短暫』之類的。我覺得艾克曼應該是這樣想。西方人應該不會煩惱『爲什麼浪漫總是沒有結果』這種事情。我們日本人喔，可能是因爲體力不好所以才會欣賞消逝之美，對於西方人來說，他們很怕事情沒有結果所以都很貪心，會盡情享受生命。我覺得他們是因爲這樣，所以才會反過來作一些痛心疾首情感澎湃的歌。

日本人喔，不會眞的那樣唱。啊，如果你想去紐約找艾克曼，可以先打電話給他秘書看看。他現在去巡視他新蓋的俱樂部，是用拖船改建的。你可以說你要去採訪……」

我再也沒法笑
除非遇見你
自己揚嘴角
有什麼意義
淚水怎樣才會止住
該做什麼才好
浪漫結束
這太突兀
我不要再爲愛苦惱
因爲我還愛著你
心動的對象也別找
忠於我自己

我永遠　都不要笑
直到再相遇

你在遠方看著我

Someone To Watch Over Me

這裡是西四十四街，我現在人在美國大道和第五大道中間一家奇妙的旅館。艾克曼和他朋友在八〇年代後半把這裡買了下來，重新裝修花了一千萬。

旅館重新開幕的時候，美國《時代雜誌》做了這樣的報導：

「第三世界的商務人士、不知名航班的空服員、粗俗的觀衆、亞非的記者，還有從鄉下進城的老人家以後一定都沒辦法住在這邊……」

「該怎樣說好呢……那邊很後現代。」那個攝影師一邊偷笑一邊跟我介紹這間旅館。

這裡從玄關開始就很怪。大門隔了兩層，又黑又有魄力，外面也沒有門房，感覺一點都不歡迎客人，反而好像是希望大家沒事不要進來。鼓起勇氣打開門之後，你會看到服務生穿得像Comme des Garçons的風格一樣一身烏漆抹黑，一邊打量你一邊走過來迎接。

大廳瘦瘦長長向內延伸，巨大的石柱並列兩旁。走到底，會看到一家餐廳。列柱右邊設了一個小小的接待櫃台，左邊則有一間café lounge。餐廳的侍者還有櫃台的前台人員也都一身黑，走東洋Comme des Garçons路線。Café lounge裡面的桌椅都設計得不知道讓人該怎麼坐。

我不是因爲出於興趣跑來這邊住，是因爲在青山酒吧遇到的那個攝影師教我說如果想見艾克曼就要來這間飯店。

「……雖然我見過他兩次，不過現在也已經失聯了。我知道有幾個日本人現在都還有在跟他合作，不過就算你去拜訪他們，應該也沒有人可以馬上幫你約到他。你去住這間旅館的時候，不要去求那邊的人說你想要見老闆，住進去之後，也不要馬上就露出很想見到他的樣子。要讓他們覺得這個日本人到底是來幹嘛的，營造一種奇妙的氣氛，讓他們自己去跟老闆報告……」

我一直都沒有辦法聯絡上我以前廣告公司那位同事。他和艾克曼一起經營過迪斯可舞廳，是他告訴我艾克曼這號人物，一切線索都是由他開始的。

房間裡，衣櫃的把手做得像狗尾巴，沒有窗戶。一個人待在這種房間裡面會變神經兮兮，所以我跑去café lounge喝啤酒一直喝到傍晚。

這裡的客人和黑衣服務生看起來都不知道在驕傲什麼，好像是自以爲自己待在什麼特殊的地方。我有一點焦慮，不知道接下來該用什麼樣的心情繼續待在這間旅館裡面。啤酒、時差、再加上身體不舒服讓我感覺自己的頭越來越重。就在這個時候，我聽到有人用日文跟我打招呼。

「請問，您知道JAZZ BAR在哪裡嗎？」

他看起來比我小三、四歲，穿著深色西裝沒打領帶，穿得有點邋遢。

JAZZ BAR？

「是啊，您是住這邊吧？」

我是住在這裡沒錯，不過，先前我看房間裡面的飯店介紹，好像沒有JAZZ BAR的印象。

那個男的表情變得很困惑，問我說：「請問可以坐在你旁邊嗎？」雖然他看起來有點奇怪，可是我想和他聊天可以轉移一下注意力，所以就指對面的椅子說：「請。」

他是一個音樂家，現在住在倫敦。雖然他以前學的是古典樂，不過後來是因爲演奏合成器❶才變有名。我記得他有在替德國電影作配樂，去年得了一個很大的獎。

「我今天剛從倫敦飛過來，結果剛剛Check in才發現這邊根本就沒有JAZZ BAR。怎麼會這樣？」

是誰跟你說這裡有JAZZ BAR的？

❶ Synthesizer，一種可以發出各種不同音色或者合併不同頻率訊號的電子樂器。因爲合成器發出的是電子訊號，不是聲音，所以通常都要外接喇叭才能發聲。

「是我倫敦一個朋友，他是做舞廳的燈光設計。剛剛所有的地方我都找過了，都沒有看到那間JAZZ BAR。」

你找的那一間JAZZ BAR是什麼樣的店啊？

「那家店很神奇。」

神奇？

「我是特地爲了找那間JAZZ BAR才從倫敦飛過來。那家店裝潢是Art Deco……還是Art Nouveau?不對，還是後現代……管他的，反正就是那種感覺。那邊有一個女歌手，她會穿裝飾羽毛的晚禮服，後面還有一個老式的大樂隊，大概就是這樣一間店。我記得這件事情是那個燈光設計告訴我的，剛剛我找半天找不到，就打電話給他；沒想到他竟然說他從來都沒有告訴過我有什麼JAZZ BAR，只說過有一家裝潢很後現代的旅館。說我只是自己搞錯，誤以爲這邊有一家JAZZ BAR。怎麼可能有這種事情？你看我是不是瘋了？不過，不管我怎麼找，這邊就是沒有JAZZ BAR。餐廳就這一間，也沒有其他的酒吧或是咖啡館。」

聽他這麼一說，我也突然感覺好像有一間JAZZ BAR在附近。店裡面用Art Deco風格作裝潢，全都是金色和黑色，然後有一位穿粉紅色晚禮服的女歌手待在那邊。

白天不會開吧。

「耶？」

我說那間JAZZ BAR，應該要很晚才會開門吧。

「啊，原來如此。那我等看看好了。我已經想好我要聽哪一首歌了。」

於是，我們開始等待夜晚來臨。

我現在遠遠看著他
不知他　會不會回頭望
我就像森林裡迷路的小羊
在哪裡　都很徬徨
我好希望能被人好好欣賞

雖然他　並沒有
非常帥的長相
可是卻好像　帶著鑰匙
可以解除我的心防

有沒有人可以對他說

「不必慌張」？

跟著我　引導我……

我需要有人看著我　永遠一樣

金耳飾
Golden Earrings

我們在那間後現代旅館的咖啡餐廳面對面坐著閒聊，等待天色變暗。我跟他解釋說我是爲了見艾克曼，跟他請教那間傳說中的JAZZ BAR的事情才來的，沒想到那位音樂家完全沒有聽說過那間店。

「耶……有這麼神奇的JAZZ BAR啊。」

你不是因爲那間JAZZ BAR開在這家飯店裡面才特地跑來的嗎？我問。

「不是耶。雖然我忘記是裝飾藝術還是後現代風格，不過眞的有人告訴我有這麼一家飯店位於紐約的西四十四街，裡面有間酒吧可以聽爵士樂。」

所以雖然和我的狀況很類似，不過細節有點不一樣。那麼，是誰告訴你這家飯店的呢？

「我想應該是音樂家吧。不知道爲什麼，那些差一點就成爲明星的音樂家都很愛這間店。」

這麼說來，剛剛我有看到一個在拯救非洲演唱會側台現身的吉他手穿過大廳。如果仔細觀察這裡登記住宿的客人，會發現沒有人穿商務西裝。幾乎所有的男生都是穿義大利式的軟式西裝，女生則是穿露出皮膚的晚禮服或者是一件式洋裝。華爾街街上那種西裝配球鞋，淺藍襯衫配點點領帶的風格，這裡沒有人會穿。

所以你是爲了特地來這邊聽爵士樂才從倫敦飛過來？

「很奇怪嗎？」

也不能說奇怪。

「倫敦和紐約其實很近。不過奇怪的是，剛剛我從客房打電話給那位介紹我來的倫敦朋友，問他『JAZZ BAR在幾樓？』你知道，倫敦現在已經很晚，那傢伙睡得迷迷糊糊，聽不懂我在說什麼，反應有點遲鈍。你知道他跟我說什麼？他說這間後現代飯店在這裡沒錯，可是他沒有說過這裡有地方可以聽爵士樂。那我到底是聽誰說的？我一邊想，一邊打給兩三個可能的朋友，結果還眞的是沒有任何人跟我講過。」

雖然我們猜晚上那間JAZZ lounge可能會開門營業，一邊喝可樂娜啤酒一邊等。可是那家店如果眞的不在這裡的話，無論我們等到晚上、半夜，甚至是天亮都不可能會開門。我們只不過是抱著一種期待，瞎猜這家讓人覺得很不舒服的怪旅館裡面藏著什麼祕密。說不定這邊有一個空間只有晚上才開，連白天上班的工作人員都不知道。畢竟這裡的客人、工作人員還有室內設計都讓人感覺很不眞實。

所以你很喜歡爵士樂囉?聽我這麼一問，那位音樂家馬上搖頭，一邊搔頭一邊說：

「我雖然看起來有點老，可是實際上才二十幾歲。我爸是很喜歡爵士樂，家裡有很多老唱片，所以我以前還滿常聽的。可是，我自己從來都沒有喜歡過，也從來都沒有眞的覺得很好聽。我一直都是在作古典樂，現實生活裡面，我只對Techno pop❶有興趣。爵士樂裡面只有像艾瑞克．達菲❷、卡拉．布雷❸、查特．貝克這類的傢伙，因爲他們的脾氣和龐克❹或Techno感覺比較接得上，所以我還會姑且聽一聽。對了，你有聽過『fly』這個字嗎?是從什麼時候開始的啊……好像是從今年年初的時候開始流行的。」

我搖搖頭。不過聽他說fly我腦中馬上想起〈Fly Me to the Moon〉，艾克曼說這首經典老歌裡面包含了所有的眞理。

「最近這種說法在紐約和倫敦很流行，把原本應該說nice的地方都改成說fly。我和朋友從這件事情開始聊，忘記中間過程到底是怎樣，總之最後話題變成是在討論哪一首歌才是最完美的情歌。我說這個世界上最棒的情歌是The Doors❺的〈The Moonlight Drive〉，結果大我十歲左右的編曲家說〈Fly Me to the Moon〉更棒，忘記是伊笛．歌梅❻還是克麗絲．康娜❼，總之他放了一首女歌手唱的〈Fly Me to the Moon〉。那時候……這種事情不能大聲嚷嚷，啊，說日文應該沒關係……我們嗑了一種原本用來治療

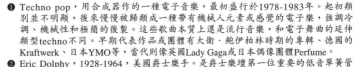

❶ Techno pop，用合成器作的一種電子音樂，最初盛行於1978-1983年。起初類別並不明顯，後來慢慢被歸類成一種帶有機械人元素或感覺的電子樂，強調冷調、機械性和極簡的後製。這些歌曲本質上還是流行音樂，和電子舞曲的延伸類型techno不同。早期代表作品或團體有大衛．鮑伊柏林時期的專輯、德國的Kraftwerk、日本YMO等，當代則像英國Lady Gaga或日本偶像團體Perfume。

❷ Eric Dolphy，1928-1964，美國爵士樂手。是爵士樂壇第一位重要的低音單簧管演奏家。

❸ Carla Bley，1936-，爵士作曲家、鋼琴家、指揮。一九六〇年代自由爵士的重要旗手。

❹ Punk，龐克是一種搖滾樂的類型，於1974-1976年間誕生於美國與英國。龐克樂團是

自閉症的藥，可能是被藥效影響，我自己也不知道自己爲什麼會那麼得意忘形。眞的很丟臉，感動到淚流滿面。」

爲什麼你會覺得丟臉呢？

「因爲就音樂性來說，這種曲子非常不入流。庸俗、單純、廉價，說什麼千錘百鍊沾染手澤，還不如說它簡直不能聽。該怎麼說呢，怎樣講比較好……這種東西力道太強、太甜美、太浮誇、太骯髒，簡直就像是一顆全世界最甜的糖果那樣。你知道『金臂人』❽這部片嗎？」

我點點頭。

「法蘭克．辛納屈演一個有毒癮的人。某天早上，他爲了對抗戒毒的禁斷症狀，跑去舔砂糖。我覺得我就像是舔到砂糖一樣。反正經歷那次事情之後，我就開始聽一點爵士情歌，雖然不是聽每一首歌我都覺得感動，可是我總覺得自己好像接觸到某種白色的核心。就算你問我核心是什麼，我也沒有辦法回答，感覺那有點像是某種象徵。原本我是想要來這間飯店聽那種爵士樂……」

太陽懸在天上還沒下山，我們等著那間夢幻酒吧開幕。簡直就像是「鬼店」裡面的傑克．尼克遜一樣。

有個悠久的傳說　吉普賽人都知道

當年對於搖滾樂精緻商業化的一種反動，年輕人改用極簡的樂器還有政治性強烈、反體制的歌詞來自我表現，並且自行利用各種非正式管道製作發行專輯。代表團體有紐約的Ramones和倫敦的Sex Pistols和The Clash等。這種反叛的態度後來慢慢演變成爲一種拒絕接受主流文化的次文化，延伸到時尚穿著和反權威的意識形態上。

❺ 成立於一九六五年的美國迷幻搖滾團體，是另類文化的超級明星樂團。

❻ Eydie Gormé，1931-，美國重要歌手，與先生史蒂夫．羅倫斯共同延續美國流行民謠傳統。

❼ Chris Connor，1927-，美國爵士歌手。

❽ The Man with the Golden Arm，一九五五年由法蘭克．辛納屈主演的劇情片。

當她戴上黃金耳環
你們就相戀
這個古老的祕密　聽過的人非常少
只要戴上黃金耳環
心願就實現

在燃燒的火焰旁　耳環閃耀著光
各式各樣的願望　傳到心裡揣想
突然之間我發現　吉普賽人就是你
今晚就用黃金耳環
把我變不見

GOLDEN EARRINGS
Words by Jay Livingston & Ray Evans／Music by Victor Young

我的一切
All Of Me

夕陽西下，但是我們尋找的那間夢幻JAZZ BAR卻似乎完全沒有現身的跡象。我和那位特地從倫敦趕來的日本音樂家兩個人就這樣在一樓大廳深處的咖啡店坐了四個小時。

有好幾組其他的客人和我們一樣一直佔著桌子，所以我們並不是特別起眼。

隔壁桌的情侶正在吃黏答答的白色起司，一邊配白酒喝。

「你知道海衛．古德❶寫的《雞尾酒》這本小說嗎？」

音樂家一邊掃視吃起司和白酒的情侶一邊問我。他小口小口啜著萊姆沉下去的可樂娜啤酒，彷彿在品嘗味道一樣。雖然我也和他一樣一點一點啜著喝，潤潤乾燥的舌頭，不過這並不是因爲我們兩個酒量不好，而是我們的肚子裡面已經灌了四瓶可樂娜，所以才沒辦法一口氣乾杯。

我去年在某個南方國家的泳池邊讀了《雞尾酒》。雖然忘記是在葡萄牙、摩洛哥還是突尼西亞，不過那本小說眞的是很棒。

❶ Heywood Gould，美國編劇、導演。

「電影好像感覺更強。」

我沒有看過電影。我答。

「雖然說小說有一些句子讓我印象深刻，可是看到那樣子的人更會讓我回想起小說內容。」

音樂家一邊說，又瞄了隔壁桌的情侶一眼。

「我記得應該是主角被高雅的詩歌朗誦會吸引過去的那個段落，那個朗誦會的傳單上面啊，印說主辦單位會提供起司和白酒。然後主角看到這個就質疑說：『什麼起司和白酒？這座城市怎麼還在搞這個！』相當瞧不起這種活動。」

這個我好像還記得。

「到頭來，紐約還是有一些地方一直都沒有變。」

崇拜法國的心理情結嗎？

「你有發現啊？像那一對情侶，他們是一杯一杯這樣點了六杯葡萄酒來喝喔，幹嘛不一開始就直接叫一瓶……我猜他們一定連白酒的名字之類的都完全搞不清楚。剛剛我懶得說話想先歇著，覺得有點睏，一直豎著耳朵在偷聽他們聊天，不過我平常不會這樣偷聽就是了。他們剛剛在聊義大利，留鬍子那個男的說自己以前學生時代跑去歐洲旅行，在羅馬待了四天左右。然後這邊這個，身上穿著義大利人就算去死也不會穿的點點洋裝這個女的從來沒去過義大利。她說只要人在威尼斯的話，就算原本沒有那麼喜歡旅伴也一定會和他作愛。那個男的明明想要和她兩個人一起去義大利作愛腦子裡裝不下其他的念頭，不過好像是因爲沒有請客帶她去的經濟能力，話說不出口，所以就聊法拉利、亞曼尼、維斯康提、帕華洛帝之類的，漫長地持續了三個小時。那個女的雖然對這平庸的男人不感興趣沒有和他一起去義大利作愛的意思，但是反正無聊，而且也沒有其他男人跑過來搭訕，只能搭話聊說：『以後我可以跟我鄉下的朋友炫耀說我去過那間有名的飯店。』看到這樣的景象，簡直就像是看到美國最糟糕的部分，感覺眞的很空虛。」

你的觀察力眞是敏銳。

「可能是因爲最近完全都沒有這種發呆的時間吧。不過眞的是很不可思議，雖然我們兩個人的狀況不太一樣，不過都是來找JAZZ BAR的。」

假使我連絡到艾克曼的話，你也想要和他見面嗎？

「不了。雖然我很感興趣，不過我完全不想要搞清楚那間夢幻JAZZ BAR背後的運作原理。」

再不動動身體的話，感覺眞的會睡著，所以我邀音樂家一起去吃飯。雖然我們只是走去一家距離十條街左右的壽司店，但是離開那個後現代的室內空間走到外面眞的是讓人感覺鬆一口氣。

走路的時候我們開始聊起「鬼店」，這部電影裡面，也有出現酒吧和舞廳的幻象。

「話說回來，在酒吧那個幻覺場景的時候，電影裡面播了像是杏仁牛奶冰淇淋那樣好甜好甜的舞曲啊。」

壽司店的櫃檯空了兩個座位，象拔蚌和鮪魚都是極品。

方才待在奇怪的後現代空間裡面眞的是讓人感覺心煩意亂。一進壽司店之後，我們完全不開口，只是單純吃壽司、喝日本酒，簡直就像想要揮散剛剛的記憶一樣。這家壽司店有股奇妙的熟悉感，說不定那間神祕的JAZZ BAR藏在壽司店裡面。正當我們肚子安分下來的時候，那位音樂家鼓著泛紅的臉頰開口對我說：

「那些，那些甜蜜的音樂到底跑到哪裡去了呢？」

跑到哪裡去？

「那些各式各樣的旋律，那些勁道很強、不會太過甜膩的歌……不可能就這樣不見了吧？我總覺得這些曲子好像躲到哪裡去了，這是不是因爲我太懷舊啊？」

這我就不知道了。

「是懷舊心態呢？還是我太多愁善感啊？我是覺得自己對這種東西很有耐性啦。

像法蘭克．辛納屈還是梅爾．托美❷不是一邊嘲笑『你走了，我也不想活了』這種歌詞，一邊說自己沒辦法唱嗎？像這種感覺到底是什麼啊？」

那個音樂家說這些歌並沒有消失，只是躲到某個地方去。那麼像〈Fly Me to the Moon〉這種歌是不是也像動物事先預知到危險逃走那樣，躲到某個地方去了呢？但是，又爲什麼呢……

爲什麼不奪走我的一切？
你看不見嗎？
明明我很想被你擁抱，扭扭捏捏
帶走我的嘴唇　我想放掉它
也給你手臂　除了抱你之外它們沒有用
聽你道別讓我落淚
我該怎樣說服自己繼續生活
你離開
只帶走我的心

❷ Mel Torme，1925-1999，美國最偉大的爵士歌手之一。

爲何不奪走我的一切
帶走我的一切

毀滅愛意的激情

讓人墜入熔岩

像落日一樣溫柔

是故事的終點

曾經照耀你的光

全都消失不見……

黑鳥，再見
Bye Bye Blackbird

紐約的壽司店保留了某種東京壽司店已經感受不到的東西，那可以說是一種親切的緊張感。從我小時候一直到我讀書的學生時代，去壽司店吃飯一直都是有點奢侈的事。捏壽司的師傅總是帶著某種讓人害怕的特質，但又讓人感覺很親切。我發現，壽司店這種密閉空間在東京演變成兩種極端：一種是讓人超級害怕的壽司店，一種是超級親切的壽司店。

我們嚷嚷好吃好吃，滿嘴塞滿象拔蚌。或許是因爲先前的不適一掃而空，我發現那位音樂家的肩膀鬆了下來，恐怕我自己也是一樣。壽司店的廚師一邊捏著令人讚嘆的鮪魚壽司一邊對我們微笑。在他眼裡，我們可能剛結束一天辛苦的工作，吃到壽司才好不容易鬆一口氣。

「你去見那位艾克曼是想要做什麼呢？」

吃完壽司喝完日本酒，那位音樂家又活了過來，用一種少年般的表情問我。

也沒特別要做什麼，我還沒想好。我回答。

「你想要問他那間超越時空的夢幻JAZZ BAR到底是怎麼

創造出來的嗎？」

他一臉不懷好意這樣問，我笑著搖搖頭。音樂家也大聲笑了。方才那位音樂家說重要的事物並不是消失，而是躲到某個地方去，我覺得他說得很棒，眞的很佩服。因爲它們只是躲起來，所以偶爾現身就可以嚇嚇我們，讓我們印象深刻。

「剛剛我好像聽到你們在聊爵士樂？」壽司店的廚師跟我們搭話，說海倫．梅芮爾在「Fat Tuesday's」有演出。我們聊白人女歌手聊了十分鐘左右，廚師喜歡海倫．梅芮爾，音樂家喜歡伊笛．歌梅，而我則是覺得克麗絲．康娜最棒。音樂家提議說：「關店以後大家要不要一起去『Fat Tuesday's』？」可是廚師搖搖頭。

「我一點都不喜歡現在的海倫．梅芮爾。」他說。「雖然我以前很喜歡〈Bye Bye Blackbird〉……」

當我們離開壽司店在路邊酒吧喝酒的時候，音樂家突然開口：「啊，我想起來了！」

想起什麼？

「有一部電影，雖然名字和內容我都忘了……『神探可倫坡』❶的可倫坡是誰演的啊？」

彼得．福克❷。

❶ Columbo，美國長青犯罪影集。特色在於兇手皆是律師、醫生等社會上流階層的特權階級。幾乎每集一開始都會先顯示兇手如何進行天衣無縫的犯案過程，劇情主幹放在洛杉磯警探可倫坡如何揭發眞相。日本知名推理日劇「古畑任三郎」就深受此劇影響。

❷ Peter Falk，1927-，美國演員，以扮演神探可倫坡最爲人所知。

「他在那部電影裡面不是演主角。有一場戲，他準備前往義大利之類的某個激戰地區，和幾個混熟的義大利女生一起坐卡車，大家一起唱〈Bye Bye Blackbird〉，像是在教大家唱歌一樣。」

聽起來眞不錯。這部電影我以前好像也在哪裡看過。

「雖然這個話題很奇怪，不過你有用過ＬＳＤ之類的藥嗎？」

很可惜，我從來沒用過。

「我是很後來才在倫敦試過，當時幻覺劑的全盛時期已經退燒。當時我經歷了三次左右的惡性幻覺，那時候，我的恐懼陰影就是黑鳥。」

恐懼陰影？

「該怎麼說好，不是幻想自己看到黑鳥，而是感覺有一隻前所未見的巨大黑鳥待在門後、窗外，或者是屋頂上。雖然自己沒有辦法看到牠的全貌，可是牠就像這樣展開翅膀，盯向我這邊。」

感覺眞是不舒服，這應該是某種暗示吧，是代表死亡嗎？

「嗯，我也是這麼認爲。但是感覺眞的很不可思議。死亡這種觀念死掉以後就不存在了吧。」

耶？

「因爲我們活著，所以才會有死亡的陰影啊。如果眞的死掉的話那個人應該就不會再死了。所以，雖然這麼說很奇怪，但是內心有死亡的陰影就表示自己還活著。」

回到電影的話題吧，繼續說說彼得・福克怎麼了？

「好像戰死了吧。他和義大利女孩在一起看起來很開心……不過因爲他是去最前線，不可能眞的很開心。那就像是日本電影出征前出現敲鑼打鼓喧鬧的場面那樣，彼得・福克把悲傷隱藏在表情的某個角落開懷高唱。然後，戰死在最後一刻。」

那首歌的歌詞是怎樣？

「我記得不是很清楚，好像是自己要開始出發去旅行之類的感覺吧？感覺今後會有好事發生，我要去心愛的人等我的地方，不幸的黑鳥先生掰掰。歌的內容大概是這樣。」

聽起來是正統的流行歌。

「大家都非常快樂地唱著歌喔。」

所以那算是一首開始準備迎向死亡的歌囉？我話說完，音樂家也不回應，低頭靜了下來。這間愛爾蘭酒吧面向百老匯，牆上掛著巨大的甘迺迪照片。不知不覺聊一聊好像又戳到某個沉重的傷口。我喝著桶裝的健力士啤酒，思考自己見艾克曼到底想要幹嘛。那些沒有消亡只是隱藏的事物，究竟在哪？它們又爲什麼要躲起來？我是想要問這些嗎？〈Bye Bye Blackbird〉已經是幾十年前的曲子了，那時候用死亡作主題還是可以創作活潑的歌，那種情調現在也已經沒了。音樂家一定也注意到這件事，所以才會靜下來。死亡的陰影，正隱藏在某個地方……

無論是擔心的事情，還是深深的哀傷
全部都堆上卡車
用小小的聲音唱
「Bye-bye，Blackbird」
在某個地方有某個人正在等著我
好甜好甜，像砂糖一樣的某個人，美好的他
再見，黑鳥
Bye-bye blackbird
你總是放藍調讓我聽
這裡沒有任何人
無論是心愛的人還是理解自己的人
都經歷了辛苦的人生

鋪好床，點好燈
然後，對黑鳥，再說一次
再見……

BYE BYE BLACKBIRD
Words by Mort Dixon／Music by Ray Henderson

說謊是一種罪

It's a Sin To Tell a Lie

我見到艾克曼了。

簡直簡單得令人氣餒。我和音樂家去愛爾蘭酒吧痛快喝了桶裝的健力士，之後去上空酒吧一邊喝加冰的波本酒一邊看那些身上殘留百老匯痕跡的歌舞女郎，最後再去東村喝龍舌蘭聽Salsa的現場演出，醉到連走路都不知道該怎麼走才終於回到旅館。當我們在接待櫃台拿鑰匙的時候，我乘著酒意，積極用英文表示我想要見艾克曼，滔滔不絕的程度連我自己都大吃一驚，音樂家也嚇了一跳。

隔天早上當我爲了安撫自己殘留醉意的腦袋，正在吃很晚的早餐的時候，聽見：「唉呀，想要見我的日本人是你嗎？」然後艾克曼就站在我旁邊。

雖然我有點慌張，但是因爲艾克曼的言行舉止既坦率又自然，所以我沒有把自己正在喝的番茄汁噴出來。

「坐你旁邊可以嗎？不好意思，原本應該要好好約時間接受訪問的，不過因爲我幾乎沒什麼自由時間，之後兩點十分就得搭協和號❶去歐洲，所以想說不管是用錄音機還是錄

❶ 英法聯合開發的超音速商用客機，單程機票極其昂貴，從倫敦到紐約只需飛行三．五小時。於二〇〇三年正式退役停飛。

影機都可以，快點開始比較好……」艾克曼自己一個人來，身邊既沒有美腿修長引人遐想的秘書，也沒有披掛太陽眼鏡和手槍的保鑣。

而且他本人看起來跟我原來心中的印象也不一樣。根據我廣告公司朋友或者是青山酒吧遇到那位攝影師的描述，感覺他應該擁有一張複雜的臉，所有美國猶太人的毛病他都有，必須要前往與世隔絕的隱居山莊或者是深宅大院的閣樓才有辦法見到他。

可是現實中他感覺起來年紀只有四十後半，臉色很健康，身上一點疾病的徵兆也沒有。西裝和POLO衫都是自然的顏色和剪裁。我被那種自然感驅使，開門見山就跟他請教那間JAZZ BAR的事。

我聽說有一間超越時間和空間，不可思議的JAZZ BAR，只要具備某些條件，它的門就會為你打開。朋友告訴我說，那個地方是你創造的。

「我也去過你說的那間JAZZ BAR。」艾克曼說。「但是那不是我創造的。無論我開過多少成功的狄斯可和俱樂部，都不可能創造出那種神祕的酒吧。我是人類，不是神也不是惡魔。」

他的話相當有說服力。那是一種除了科學和邏輯以外，其他說法都不可信的態度。

你以前是在哪邊遇到那間JAZZ BAR的呢？

「已經是十幾年前的事了，那時候我剛經營第一間俱樂部大獲成功變有錢。那間酒吧就像你以前聽說的那樣，沒沒無聞的貧窮年輕人進不去。那間酒吧是爲了有錢、擁有複雜人際關係、如果不說點謊就沒有辦法在社會上混的男人們設的。」

可是有好多人都說你是那間神祕酒吧的老闆。

艾克曼聽我這麼說只能苦笑。

「是啊，我也覺得如果那間JAZZ BAR是我的，是由我來經營的話那就太好了。那間JAZZ BAR凝聚了爵士年代所有的優點。我認爲爵士樂的力量非常美國，是一種新世界的力量，當然，其中也包含了那些可憐的非洲移民的藍調。當然藍調直到今天當然都還是存在，藍調絕對不會斷，因爲那就是我們的人生，可是藍調也已經不如以前單純，我覺得，我們只是在懷念那種單純的感受。」

這算懷舊嗎？我問。

「也有。」

太過浪漫？

「是的，當然。」

到底是誰創造出那間JAZZ BAR的呢？

「爲什麼一定得搞清楚呢？當我們非常疲憊的時候，陷入自我矛盾搞不清楚出口在哪的時候，面對永遠無解的謎——女人，被這謎團搞得七葷八素的時候……那間店就會傳出甜美又溫柔的歌聲，悄悄開門。最不可思議的是，我們連這家店到底在哪都搞不清楚，連它到底存不存在都不知道。我那時候是在巴黎的聖．米歇爾遇見的，但是隔天想要再找這家店就找不到了。不過這樣不是也很不錯嗎？有必要追根究柢去思考這家店開張的目的嗎？那只不過是一間JAZZ BAR，去過的每一個男人全部都醉了。這不是奧杜瓦伊峽谷❷的人骨或者是羅賽塔石碑❸，不需要研究，只要體驗就好了。」

聽完他的話，讓我覺得自己眞的好粗俗，完全無話可說。我某種程度已經放棄追求眞相，只小聲問他在聖．米歇爾聽到了什麼歌。

艾克曼沒說曲名，反而自己開始唱了起來。簡直就像面對無理取鬧一直反覆問問題的小孩，想要溫柔哄他睡覺一樣……

如果艾克曼沒有唱這首歌的話，我就會完全相信他的話，趕快回日本。

「唉，那是懷舊和浪漫情懷引發的幻覺啊。」他用一種驕傲的語氣說。

艾克曼唱完歌，輕拍我的肩膀離席道別。我簡直就像是被魔法控制一樣，全身完全不能動。

❷ Olduvai Gorge，位於非洲坦尚尼亞，被稱爲人類的搖籃。是世界上研究人類演化最重要的史前遺跡之一。

❸ 製作於西元前一九六年，原本是刻有埃及國王托勒密五世詔書的石碑，然而因爲上面刻著三種不同的語言版本，成爲考古學家解讀古埃及象形文字的重要依據。

因爲說謊　是一種罪
不要看　一句話很輕微
百萬顆　玻璃心因此破碎
我愛你　是的我愛你
如果這　是欺騙我會崩潰
當你傾訴　請確認　沒有變故
說謊　眞的是　一種罪

IT'S A SIN TO TELL A LIE
Words & Music by Billy Mayhew

這個世界不過是一片紙月亮

It's Only a Paper Moon

「結果見他那麼容易？」

一小時後音樂家終於到了大廳的餐廳，在艾克曼剛坐過的椅子上坐下。我好不容易從艾克曼的歌聲衝擊當中恢復神智，音樂家就現身了，眞的很巧。如果他早十分鐘出現，我可能連眼睛的焦點都還沒有辦法對準。我不知道自己是什麼時候點餐的，可是我左手邊的容器裡面裝了鹽巴，右手拿著一杯不加冰的龍舌蘭。

「耶？艾克曼還唱歌？」

是啊。我想了想，怕到全身又起一次雞皮疙瘩。

「明明你還在宿醉，你是因爲被那首〈It's a Sin to Tell a Lie〉嚇到失神，所以才會在大白天喝龍舌蘭吧。爲什麼會失神咧？因爲他唱得太好嗎？」

啊，或許吧。我答。稍稍感覺自己放鬆一些。先前我一直搞不清楚自己爲什麼會被艾克曼的歌定住，他的歌聲眞的很棒，確實就像音樂家說的那樣。

「但是在道別的時候唱歌眞的有點怪，是想要唱給所有的人聽那樣當著全場唱嗎？」

不是，他是用小小的聲音唱。

「眞是讓人不舒服。所以是在耳邊用說悄悄話那樣的聲音唱？」

也不是。我們不是常常聊天聊到一半想到某首歌就會哼旋律給對方聽嗎？感覺就像這樣滿自然的。

「在那之前你們都聊些什麼啊？」

我簡要地說明了一下。艾克曼以前也曾經在巴黎遇見那間夢幻JAZZ BAR，身爲一個經營者，他也很想要擁有這樣的店。他認爲那間酒吧是由男人們的懷舊和浪漫塑造出來的幻象，此外，雖然那間夢幻JAZZ BAR很棒，但是沒有必要去思考那家店到底是誰開的……

「根據你剛剛說的話，我終於抓到那間夢幻JAZZ BAR的輪廓。奇怪，透過你簡化艾克曼的說明之後，我才眞的了解這整件事，當你親口跟我說的時候，總覺得會有一些地方錯開不清不楚。唉呀，這當然不是你的錯。聽完之後我也好想要去那間酒吧啊，只要情傷的話就可以去嗎？」

耶……好像也不是這樣。像我去就和戀愛無關，是聽到好朋友要去非洲那天晚上遇見的。可是啊，聽你這種年輕人把戀愛啦、情傷啦掛在嘴上還眞奇怪。

「是這樣嗎？我自己現在如果是用日文說那些類似演歌歌詞的話，自己也會覺得很奇怪。」

倫敦那邊怎麼樣？

「什麼怎麼樣？」

那種直來直往的情歌是不是比較少啊？

「那種的還是有啊。有歸有，那傢伙叫什麼？啊，像披頭四早期的歌之類的，你說的是那種歌嗎？」

是啊，像〈Please Please Me〉啦、〈Tell Me Why〉啦，說到這我好像想起歌詞了。雖然直來直往可能會想到譬如說像貓王的〈Love Me Tender〉，不過仔細去想的話又覺得沒有那麼簡單。我們到底是用什麼標準在判斷直來直往啊？

「嗯……理由越來越不清楚了。」

音樂家的想法好像也和我一樣。

「回到剛剛聊艾克曼唱歌的話題，你有看過大衛．林區的經典作品『藍絲絨』嗎？其中有一段人妖唱歌的場面吧？那個場景又震撼又美麗，你說的感覺和那有什麼不一樣嗎？」

不一樣，我覺得更自然。

「爲什麼他會唱歌呢？」

我又跟音樂家解釋一次。先前我眞的被艾克曼的話說服，相信那間JAZZ BAR只是浪漫和懷舊導致的幻象，直到我聽見他唱歌。

看到音樂家悶不吭聲擺出一臉沉思的表情，我問他爲什麼會提《藍絲絨》。

「我還沒有想清楚，不知道有沒有辦法好好表達，我只是在思考情歌這種東西。就算情歌原本很美，但是只要被大衛．林區那樣用就會比任何音效更不正常更讓人害怕。雖然我這結論好像很理所當然，說這個實在是讓人覺得很不好意思，可是實際上情歌本身沒有變，而是我們自己在變，對吧？情歌只是運用單純的文字，透過歌聲賦予那些文字層次、表現，和意義。如果聽眾的心沒有辦法和情歌呼應的話，那文字就只是文字，可以變成任何東西。」

這就像是用玩具娃娃來演戲會讓人感覺害怕一樣。

「沒錯，雖然是這樣，但是應該還是會有某些東西可以和玩偶結合得天衣無縫吧。你以前說你都沒有在用麻藥對不對？」

沒有。

「可是，就算改變的是我們自己，問題還是沒有辦法完全解決。因爲啊，以前藍調歌手可以把非常痛苦的事情轉換成甜美的情歌來唱，麻藥的歌也很多。麥肯羅❶老婆

❶ John McEnroe，一九五九，美國職業網球選手。曾是ATP單打與雙打世界排名第一。文中提到他的妻子是Tatum O'Neal，曾在十歲的時候與父親一同演出電影「紙月亮」，成爲奧斯卡金像獎史上最年輕的女配角得主。

小時候演的那部黑白電影叫什麼名字？」

「紙月亮」❷。

「對，沒錯，那首歌也很奇怪，我覺得那可能是一首描述麻藥的歌。布洛斯❸也說麻藥是一種生活方式。啊啊，越來越搞不懂了。」

音樂家也點了一杯龍舌蘭。我們完全沒碰桌上的三明治，把第四杯龍舌蘭灌進喉嚨。

好像有哪邊不一樣
是啊
那只是一張紙月亮
在板上塗抹蔚藍海洋
只要有你在身旁
這些事情都無妨
畫布上彩繪著一片天
樹木用廉價織品作成一堆

❷ Paper Moon，一九七三年由Peter Bogdanovich導演的美國電影。
❸ William S. Burroughs，1914-1997，美國垮世代代表作家之一。作品多有半自傳色彩，與其長期吸毒生涯有關。代表作有「裸體午餐」。

但是只要有你在旁邊
什麼都無所謂

如果沒有愛
世上一切都是餘興表演
如果沒有愛
點唱機也只是崩潰的過往雲煙

這裡包圍高牆和鐵窗
無比恐怖又空蕩
但是只要你在我身旁
這些事情都會變得很棒

It's Only a Paper Moon
Words by Billy Rose, R. Y. Harburg/Music by Harold Arlen

當比津舞的節奏開始響起

Begin The Beguine

我和音樂家在思考情歌這個主題的時候被先前赫然出現的艾克曼影響，沒有辦法整理思緒，陷入一種沒完沒了的迴圈。宿醉的胃明明已經喘不過氣，我們兩個還一直灌不加冰的龍舌蘭。雖然先前我們就已經在說該吃點東西，可是實在是懶得動，完全沒有力氣離開餐桌。這種時候到底該怎麼辦？我已經好久都沒有像這樣陷入僵局，實在是不知道該如何是好。

「這時候，」音樂家一邊喝第六杯龍舌蘭一邊說。「應該要明確釐清剛開始的目標。思考一下最重要的事情是什麼？我們到底想要追求什麼？不把這一點弄清楚，就會永遠這樣兜圈子。」

我不知道啦。我用自嘲的語氣回答，手上端著第七杯龍舌蘭。我們兩個都已經開始恍神，時間才下午三點。

「你說不知道？」

像我們這樣從白天就開始買醉的日本人在這裡可能相當少見。雖然我們的眼神已經變混濁，可是看起來好像不會影響到周邊，所以其他的客人也只是笑著在旁邊看。

「你是說打從一開始的問題也好、目標也好、最重要的東西也好、最後我們到底想幹嘛也好，我們全部都搞不清楚是吧？」

聽音樂家這樣問，我點點頭，兩個人都笑了。音樂家「噓——」暗示我們小聲一點，往後一仰從椅子上掉了下去。一位年長的女服務生走了過來，像姐姐罵弟弟那樣對他眨眨眼睛念了他一下：「有點喝太多囉。」

音樂家眺望服務生的背影，說：

「很久很久以前……我第一次來紐約。當時我才剛滿二十歲，被一個時裝設計師包養。」

包養？

「嗯，她說要資助我，說什麼靈感很重要，她常常需要補充年輕藝術家的精氣。」

精液？

「精氣啦。不過隨便你說吧。她的年紀是我的兩倍，身邊還有其他的演員和歌手之類一大票的年輕男生，現在回想起來，我覺得她應該只是單純想要作愛而已吧。不對，她的年紀不只是我的兩倍，那時候她應該已經快要五十歲了。」

這種事情雖然常聽人家說，沒想到還眞有。你是怎麼認識她的呢？

「這些有力量的人很會利用自己的名氣，關係都很好不是？那時候我要開合成器和魔音琴❶的個人獨奏會。因爲我自己一個人出不起場租，所以是和一個我一直覺得程度很差的白痴詩人合作。等我稍微有點名氣之後登上周刊雜誌，電話就來了。很可怕，繞了一大圈，一開始是先去見雜誌編輯，接著見演奏會會場老闆，然後那個女人的秘書打電話來。我在一間應該是從私人豪宅改裝的法國餐廳等了一個小時，白人服務生站在旁邊，最後，那個女人像鴕鳥一樣晃著一身花枝招展的洋裝亮相。你知道我當時感覺怎樣嗎？」

感覺很悲哀、很快樂，或者是兩種都有。

「我想不起來了。我眞的忘記那時候我到底是什麼感覺。」

那個人漂亮嗎？

「已經快要五十歲了。肌膚老化，其他部分也都衰退了。」

譬如說胸部之類的？

「是啊，像胸部之類的。那天晚上我在那個女人的大樓過夜。那個女人在城裡有四戶大樓住宅，也有飯店的蜜月套房。我們搭乘司機駕駛的賓利汽車一間一間逛的時候就這樣親臉頰、親嘴唇、互相撫弄身體越來越激烈。她讓我稍微勃起，讓我急著想

❶ Mellotron，一九六〇年代開發出來的一種電子磁帶鍵盤樂器，運用磁帶採樣的各種音色模擬弦樂、管樂等和聲。

要去別的地方。雖然我也知道她心裡一定在想：『這樣做年輕男人就到手啦！』可是最後還是被她精心設計的誘惑勾引。當我回過神來，我已經像忠實的狗一樣舔遍她的身體。雖然她已經年華老去，但還是很有看頭。」

你剛說最後的房間，所以你們是逛過全部的房間之後才親熱的嗎？

「沒有，不是這樣。我們作愛洗完澡之後，才去她平常住的第四棟大樓。上床應該是在Okura飯店的蜜月套房。第四間大樓的房間最大，我滿腦子都是在這裡再作一次的念頭，可是她開了香檳，帶我到彷彿可以眺望整座東京的陽台上跟我說：『來跳舞吧。』雖然現在說起來很好笑，不過當時的情形我記得很清楚，我就是那時候跟她學比津舞❷的。她舞跳得非常棒，讓我覺得她真的好孤單。在我爸媽那個年代，只有寂寞的人會去學社交舞。」

音樂家說只要回憶那段時光靜靜傾聽，就會聽見〈Begin the Beguine〉。真的，連我都好像聽見了。

當比津舞的節奏開始響起
甜美的聲響讓我甦醒
充滿誘惑的南國之夜回來了

❷ Beguine，比津舞類似慢板的倫巴舞（rumba），源於加勒比海小島瓜德羅普（Guadeloupe）和馬提尼克（Martinique），一九三〇年代只在小範圍的圈子裡流行。直到寇·波特（Cole Porter）寫了暢銷曲〈Begin the Beguine〉之後，這種舞才普遍流行開來。

不變的美景
復活的記憶
在滿天星斗下
你回來讓我大吃一驚
波浪的絮語
沸騰的交響曲
椰子搖晃的樹影……
即使現在所有的事情都已過去
那旋律依舊揪緊我的心
我們待在一起
發誓永遠相愛
約定絕對不分開
神明祝福之刻
溫婉，狂喜
烏雲覆蓋
聽見眾人錯失戀愛時機的詛咒

我發現愛的火焰像餘燼一樣只是悶成灰白
我只想讓一個回憶像死亡一樣沉入大海
因爲，當比津舞的節奏開始響起
一旦狂熱的拉丁舞開始之後，就必須繼續跳下去
直到星星像過去一樣光彩
直到你再次悄悄對我說「我愛你」
直到我發現這裡是天外……

BEGIN THE BEGUINE
Words & Music by Cole Porter

雙人茶會
Tea For Two

音樂家的告白讓我們停下酒杯。我和音樂家都不再喝龍舌蘭，用啤酒清一下黏答答的喉嚨，然後再喝氣泡礦泉水。腸胃這會終於舒緩下來，我們開始吃起三明治。

「之後我就搬進那女人借我的房子。她在南青山有一棟高雅的大樓，格局不大，是紅磚蓋的，我被安置到其中一戶。」

我們兩個分完一盤三明治之後，開始聽到人們的嘈雜聲。就像細長的窗戶篩落向晚的斜陽那樣，不該存在大廳裡的嘈雜人聲傳進了我的耳朵。通往電梯間的走廊盡頭有一個人們聚集的空間，騷動的聲音聽起來像是從那面牆、那扇門穿透過來的。雖然人聲嘈雜，但是聽起來當然不是開會，也不像聚會、派對，或聚餐。感覺像是各式人種和階層的人被吸引到一個安逸的秘密據點那樣聚集過來。

「我住的是三樓邊間的房間，地下一樓還有一間名叫『搖籃』的酒吧，每天晚上都會有各式各樣的人去那邊喝酒。當然，那個女的也都會現身喝一堆酒跟我說很多話。其中最有趣的就是賓士先生的故事。」

賓士先生？

「他是美國佔領軍的軍官。而且那個女人，該怎麼說，應該算是女工吧？那個女的以前曾經有一段時間是在小小的地方工廠裡面踩縫紉機。雖然她當初只是一個女工，但是她從那時候野心就很大一直學英文。當時那個年代口譯人員很不足，所以她好像也做兼職的口譯。當時在做口譯這群女生之間最受歡迎的是一個暱稱叫賓士先生的男人，我忘記他是長得像葛雷哥萊．畢克❶還是賈利．古柏❷了。現在很難想像，當年光是要和美國佔領軍軍官這種人物說話，都必須要鼓起很大的勇氣才行，可是那個女人卻打從心裡認爲那位搭賓士的軍官很帥。賓士先生還帶她去軍人福利中心裡的電影院，好像相當照顧她。」

當我回神的時候，發現周圍變暗了。現在應該還不到太陽西下的時間。我想，應該是餐廳在午餐到晚餐之間減少燈光照明吧。

「我第一次來紐約已經是十年前的事情了，當初其實是那個女人帶我來的。我們大概待了一個禮拜，住在華爾道夫大飯店❸，每天晚上都會坐在四季飯店的旋轉椅上一邊聽弦樂四重奏一邊吃龍蝦冷盤或者是橙汁鴨肉之類的東西。有一天晚上，大概是第三天的晚上，我突然發現一件事情讓我相當震驚。」

❶ Gregory Peck，1916-2003，美國知名男演員。被美國電影學會選爲美國電影百年來最偉大男演員第12名。代表作有「羅馬假期」、「梅崗城故事」等。

❷ Gary Cooper，1901-1961，美國知名男演員。被美國電影學會選爲美國電影百年來最偉大男演員第11名。代表作有「日正當中」等。

❸ Waldorf Astoria Hotel，紐約的知名豪華旅館。各國政要到訪紐約多半下榻於此。

怎麼啦？

「手啊，她的手背。」音樂家目不轉睛盯著面前的三明治空盤說。六杯龍舌蘭的醉意讓人注意力變得非常集中，完全不會注意周遭的變化。

「雖然我覺得那個女人可能已經超過五十歲了，但是她的臉和胸部都非常漂亮。我說的不是整形那種美，那是一種挑戰各種事物獲得勝利之後，或者是和各種價值觀的人相處之後所獲得的一種張力，這種人不會老，雖然她的皮膚和二十幾歲的人不一樣，可是完全看不出來有五十歲。只不過，她的手簡直就像老奶奶一樣。我們喝著一九六六年的拉圖堡紅酒，桌上檯燈的光，穿透威尼斯玻璃杯和拉圖堡的暗紅酒漿映在她的手背上，讓我覺得很悲傷。」

周遭的環境已經完全不一樣了。看不到穿著Comme des Garçons款式制服的女侍和服務生，相對地，矮個兒老頭啣著菸草出現，開始排椅子掃地。椅子也不是絨面的後現代家具，而是用合板和人造皮做的便宜玩意。我們現在待在一個完全不一樣的地方。

「吃完飯之後，我們應該是去爵士俱樂部。當時爵士俱樂部還沒有像現在這麼風光，戴克斯特·高登❹剛從巴黎回來，查爾士·明格斯❺、比爾·伊文斯❻都在，我還跟史坦·蓋茲❼鬧著借過火。當晚，我們在前衛聚落❽聽李·柯立茲❾的九重奏，或許

❹ Dexter Gordon，1923-1990，美國知名薩克斯風手。
❺ Charles Mingus，1922-1979，美國爵士貝斯手。
❻ Bill Evans，1929-1980，二十世紀最知名也最有影響力的美國爵士鋼琴家之一。
❼ Stan Getz，1927-1991，美國爵士薩克斯風手。
❽ Village Vanguard，一九三五年，麥克斯·高登（Max Gordon）在紐約格林威治村創立了這間傳奇爵士俱樂部。起初這裡也表演其他類型的音樂，譬如民謠和垮派的詩歌朗誦，後來轉型成純爵士俱樂部。在這裡錄音的爵士專輯超過一百張，最著名的是一九六一年比爾·伊文斯和約翰·柯川（John Coltrane）的組合。
❾ Lee Konitz，1927-，美國薩克斯風手。

是因爲時差暈眩的關係，那女人靠在我身上睡著了。剎那間那雙整齊併攏的雙手映入眼簾，樂團開始〈Tea For Two〉的前奏，我哭了起來，直到今天，我都還搞不清楚理由。我想應該是因爲一個很簡單的理由，就像任何人只要上了年紀總有一天會死掉那樣。隔天，我們去華盛頓廣場旁邊那間賓士先生以前住的公寓。賓士先生好像曾經找那女人來過紐約一次，當時美國駐軍才剛撤退兩、三年，出國的人還很少。女人跟我說：『當時你都還沒出生呢。』我問她：『現在他怎麼了呢？』『已經去世啦。』她說：『我就是在你現在這年紀遇到像我現在這年紀的賓士先生的喔。』女人眺望著那棟公寓，在華盛頓廣場的長椅上坐了好久好久。」

音樂家把話說完，抬頭終於發現周遭環境改變。出現一座舞台，樂隊也在調音。

「這裡果然有間爵士俱樂部！」他笑逐顏開。

把你的頭放在我膝上
你總是笑嘻嘻待在身旁
紅茶爲了我們兩人冒起蒸氣
彷彿爲了這杯紅茶，我們倆才待在這裡
爲了你，所以我才在這

就像爲了我，所以你才存在一樣，沒有任何人阻擋
無論是朋友、親戚、周末的宴會，還是要去度假，眞希望這些事情都清光
當然也不接電話
一天就從你起床開始
我會烤一個蛋糕
家人、小孩們、女孩子都會跟你撒嬌
男孩們則跟我胡鬧
我知道
這一切只是夢的泡泡
只是爲了喝暖暖的紅茶，溫習我們兩個在一起的感覺，這樣可好

你是多麼美好
Bei Mir Bist Du Schön

「這怎麼看都是爵士俱樂部啊。」

面對周遭的變化，與其說驚訝，不如說音樂家就像找到搜尋已久的東西那樣沉浸在喜悅當中。

一盞小小的燈吊在天花板上，我們這一桌正好在整家爵士俱樂部的正中央。燈光不用說，從我們坐的椅子到眼前的桌子還有裝三明治的盤子全部都變了，然而或許是因爲酒醉的關係，我們完全沒有感受到失落現實的不安。在一般狀況下，周遭環境改變會讓人擔心是不是自己神經有毛病，陷入不安和恐慌。然而或許是因爲興奮自己再度抵達這間JAZZ BAR，所以我並不覺得自己的感官有偏差。

可是，這裡的照明到底是怎麼一回事？從舞台上的樂手、不知何時湧現的其他桌的客人、一直到服務生……每個人的表情都看不清楚。各桌正上方懸吊的燈，舞台地板邊緣設置的燈飾，吧檯的腳燈和霓虹燈光線都很正常，對比很明顯，並沒有特別暗。當我瀏覽每張不同的臉，我發現自己沒有辦法同時看到在場所有的人。仔細想想這也是理所當然。

譬如說在旅館房間裡，和人群一起站在斑馬線等紅綠燈，或者是在通勤電車上，我們會錯覺自己瞬間感受到當場的氣氛。我們觀察到的瞬間只是整體的一小部分，正確說來，只是個人的感受。

看不見其他人的臉卻感覺這麼自在，這種體驗對我來說是第一次。我也發現，只要集中注意力去觀察某一個人的臉，就會發現那微妙看不清楚、無法捕捉的部分其實只有眼睛。大家聚集在一起，人數多到可以聽到彼此嘈雜的聲音，明明有好多人在說話、抽菸、走路、喝啤酒、揮舞攪拌器、組合踏鈸……但是卻完全感覺不到其他人的視線。明明周遭環境在不知不覺之間改頭換面，可是我的感官運作卻沒發生問題，或許就是因爲他者的視線消失的關係。

「我喝醉之後拚命說話對很多事情沒甚麼印象，不過，我們應該沒有離開過座位吧？」

我點點頭。音樂家的臉很清楚。雖然龍舌蘭引發的醉態還在，但是他的目光很閃亮。我停止捕捉其他人的眼神，專心看著音樂家。

「他們是甚麼時候把整間店弄成這樣的啊……欸，旅館大廳的餐廳就是爵士俱樂部嗎？你剛有注意到嗎？」

我發現的時候就已經開始在變了。

「是從什麼時候開始的啊？」

從你開始說你金主的事情，差不多是從微微聽到〈Begin the Beguine〉那時候吧。

「你也有聽到嗎？我閉上眼睛回想那段時間每次都可以聽見。譬如說像空調之類的聲音啊，都會變成音樂。耶……好想要叫點什麼飲料來喝。」

我舉起右手叫服務生，他應聲答道：「啊，您要點什麼？」走到我們桌邊來。臉的確是爵士酒吧服務生的臉，我猜他可能有比利時血統。拜託來兩瓶啤酒，我說。音樂家問他：「這家店叫什麼名字啊？」服務生笑說：「連名字都不知道，你們是怎麼來的啊。這裡叫『Flying Dutchman』，飛行的荷蘭人。」意思是說這家店在天上飛嗎？我問。服務生露出一副你在說什麼蠢話的表情回答：「不是，這裡的老闆是足球名將約翰．告魯夫❶的球迷。」簡潔迅速地離開了。

「沒有什麼地方不正常啊，這只是一間普通的爵士俱樂部吧。」

眞的是一點不協調的感覺都沒有。有好幾次我眞的覺得我們好像一直待在這裡。

服務生帶了兩瓶米勒啤酒和橄欖來。付現大概十二美元左右，好像包含了座位費。

「欸，你記得剛剛的服務生長什麼樣子嗎？」

過了一會音樂家問我，我想不起來。

「什麼時候會開始演奏啊？這裡會不會就是你說的那間夢幻JAZZ BAR啊？」

❶ Johan Cruijff，1947-，荷蘭足球員，世界足球史上的名將。曾三度獲選歐洲足球先生。

應該是吧，只要從出口走出去就知道了。

「出口在哪？」

我們兩人四處張望，找不到出入口。

「出去的話就再也沒有辦法進來了吧？」

我們兩個都沒有勇氣去確認這件事情。

「廁所怎麼樣？去廁所總可以吧。」

正當音樂家這麼說的時候，掌聲開始響起，有一個白金色頭髮的女歌手穿著豔紅的亮片洋裝笑瞇瞇出現在舞台上，突然開始唱。

我多多少少知道點男人
遇見你之前我一直都單身
看到你走來　我的心燈打開
全世界都變了樣　古老的事物更精彩
是否一見鍾情　你一定馬上就了解
能夠打動我的　不會有他人入列
啊啊我的腦袋在發麻　你要把我帶向哪

希望有人能回答
Bei Mir Bist du Schön
你是多麼美好
Bei Mir Bist du Schön
再對我說一次
我被你緊緊抓牢
對我說Bella Bella　對我說Wunderbar
任何語言都一樣　只說明你有多棒
盡量再多說
Bei Mir Bist du Schön
然後吻我　說「你懂我」　請你告訴我

憂鬱如你

My Melancholy Baby

女歌手生著一張隨處可見的臉，但是又不像任何一位明星。這首歌結束的時候她輕輕拍手對觀眾席微笑，可是完全看不出來究竟是衷心感謝還是工作養成的習慣。歌曲結束之後喧鬧的人聲又再度響起，就像台下的另外一件樂器一樣自然。

「不知道該怎麼說，」音樂家說。「不過她長了一張很正統的臉。」

我點點頭，想起我們在壽司店和廚師三人一起聊的話。廚師喜歡海倫．梅芮爾，音樂家喜歡伊笛．歌梅，而我最愛克麗絲．康娜，大家各自舉出自己支持的歌手。這三位有些共同之處。海倫．梅芮爾有南斯拉夫血統，伊笛．歌梅有土耳其血統，克麗絲．康娜雖然比另外兩位胖一點，但也不是那種會讓人感受震撼的歌手，這三個人好像都帶著一種包覆聽眾的溫柔。仔細想一想，現在已經沒有人會這樣表演了。

「我覺得以前這種感覺的歌手很多。無論從哪個角度來看，桃樂絲．黛❶都算是這一種，帕蒂．佩姬❷也是，還有

❶ Doris Day，1922-，美國歌手，家喻户曉的知名演員。
❷ Patti Page，1927-，美國歌手，傳統流行歌天后，一九五〇年代是最暢銷的明星之一。

康妮·法蘭西絲❸，雖然她不是唱爵士樂的。」

那現在呢？

「現在的歌手眞的是讓人很受不了，譬如像蘇珊·薇格❹、稍早一點的布麗姬·馮提安❺、凱特·布希❻，還有那個瑪丹娜❼。」

你不喜歡？

「女人啊，我實在是不希望她們表現什麼自我。」

這是性別歧視吧。

「不是那樣。」

龍舌蘭辛辣的酒意漸漸褪去。時間並沒有眞的過很久，只不過是因爲我們緊接著繼續喝啤酒，所以腦袋才變得比較清醒。所謂清醒，也不是待在高原上遠眺雪山那種感覺，只是擱淺在醉醺醺的淺灘上。

「表現自我是被逼到絕路的人才會做的事，從小到大過得很滿足的人不需要表現什麼自我。我不想要看那些女人被逼上絕路的樣子。」

所以還是性別歧視嘛。

「你有點卑鄙耶，明明知道我在說什麼，而且明明你自己內心的想法也和我一樣。你只是想要確認自己的想法所以才斷章取義引用我的話。」

❸ Connie Francis，1938-，美國流行歌手，五、六〇年代紅極一時。
❹ Suzanne Vega，1959-，美國創作女歌手，以文學性的歌詞和融合民謠的曲風聞名。
❺ Brigitte Fontaine，1939-，法國前衛音樂歌手。
❻ Kate Bush，1958-，英國創作歌手。
❼ Madonna，1958-，美國流行歌手，世界流行巨星，運用宗教和性意象創作歌曲與MV引發廣大爭議。

你那位金主怎麼樣？她不是很了不起嗎？

「她也是被逼到死角啊。可可．香奈兒❽也是這樣不是嗎？所以她才必須要把新的男伴天天攬在身邊，最後手背變得像老太婆一樣醜。」

要不然你覺得結一個平凡的婚，鑽進暖桌一邊看電視一邊吃拉麵這種女生算是幸福嗎？聽到我舉這麼極端的例子，音樂家有點生氣，別過頭去什麼也不說。結果我不得不連忙道歉，自己找新話題，顯示我們兩個人的想法確實一樣。

很久很久以前，我開始跟他說，大概是四年前吧，東京開始開放直升機作夜間飛行。那天晚上我爲了做雜誌採訪報導，和攝影師、編輯，還有我一個女性朋友跑去搭直升機。那個女的非常喜歡在天上飛，雖然她算是我的情人，可是我們什麼都沒有發生過。這位神戶貿易公司的大小姐學過聲樂和芭蕾舞，不過學到不錯的程度以後就說膩了不跳了。我很喜歡和那個女孩子一起吃飯，該怎麼說呢，和欲望沒什麼關係，單純只是因爲和她聊天很有趣。她一直在維也納那一帶生活，對於紅酒、賽車都很熟，總而言之很能聊。印象中她也有輕型飛機的駕駛執照。因爲天色變暗，東京木場的直升機機場沒有夜間起降設備，所以當晚我們在沿岸飛完一圈之後被迫前往埼玉縣的桶川。我們搞不清楚事情的嚴重性，漫不經心眺望大東京的夜景，喝水壺裡的干邑白蘭地，大玩一通才降落。直到今天東京直升機機場晚上都還是不能降落，號稱國際都市

❽ Coco Chanel，1883-1971，服裝設計師，著名品牌Chanel的創始人。

但是眞相卻是如此。我們有點醉，心想以前都沒來過桶川這種地方，結果就跑去一家名字好像叫西川口的夜總會。

「夜總會？」音樂家似乎覺得這個話題有趣，把頭抬了起來。

不要妄想什麼麗莎．明妮莉❾喔，不是那種夜總會。那邊女服務生一個年紀四十後半，另外一個十九歲生過兩個小孩，她們會端一大盆濕毛巾過來幫你打手槍。現場還有一個搞不清楚名字和長相的女歌手搭配著吉他和手風琴在唱演歌。一開始我們待著有趣，後來覺得氣氛很悲慘，衝上計程車跑到銀座的俱樂部去。最後我們跑去看蘿瑞．安德遜❿的表演，當時她剛好來日本……說了老半天，你知道我想說的是什麼嗎？

「知道啊，你想要舉例證明我剛剛所說的事情吧？你剛剛說的故事裡面包含了五種女人，酒店女服務生、銀座女服務生、演歌歌手、蘿瑞．安德遜，還有喜歡飛機的貴婦。剛好是不了解表現自我這種觀念的女人、想要表現卻沒有能力的女人、表現自我的女人A、表現自我的女人B、還有不需要表現自我的女人。如果要按照你所喜歡的順序依序排列，你的順序是什麼？」

嗯……這種事情無所謂吧，而且第二首歌好像要開始了喔。聽到鋼琴前奏，我們的心情都變得很愉快，轉身面對舞台。雖然感覺女歌手的長相和先前有一點微妙的差異，不過這不是很重要。海倫．梅芮爾和克麗絲．康娜的差異也沒什麼大不了。

❾ Liza Minnelli，1946-，美國歌手、演員。以知名夜總會歌手和音樂劇演員的身分起家。

❿ Laurie Anderson，1947-，美國實驗表演藝術家、音樂家。

過來這裡　憂鬱的男孩
我會好好擁抱你　不要憂鬱
所有的恐懼都是庸人自擾的虛妄
我當然喜歡你
不要往壞的地方想
等待一下未來的朝陽
我會用吻替你擦眼淚
讓我看看你微笑的模樣
如果你不這麼做　連我
都會變哀傷

MY MELANCHOLY BABY
Words by Geo. A. Norton and Maybelle E. Watson／Music by Ernie Burnett

情書

Love Letters

第二首歌結束的時候，人聲又開始喧鬧起來。因爲一直喝啤酒喝個沒完，我變得有點想上廁所。「趕快去比較好喔，說不定第三首歌馬上就開始了。」音樂家說。我獨自起身，跟腳步迅速的服務生請教廁所的位置，往他指的方向走。廁所入口擺著一張鋪白布的桌子，旁邊有位奇怪的小個子歐巴桑坐在油漆剝落的破椅子上。我把50分丟進桌上的糖果箱，一邊開男廁大門一邊問她這間爵士俱樂部會不會突然消失或者是走出去就回不來。那位文風不動的歐巴桑像陶器靜物一樣放在那裡，別提說話了，她連嘴唇都沒動。男廁門上貼了一塊畫著絲質禮帽和拐杖的招牌。都已經聽兩首歌了，應該夠本了吧，這麼說來，我以前在青山遇到這間酒吧的時候只記得一首歌，其他跟我談過這間酒吧的男人，也都只會提一首曲名……我一邊想這些一邊推門走進廁所，看到艾克曼靠在牆上抽菸。或許是因爲日光燈從正上方照下來的關係，所以他和酒吧裡面的客人不一樣可以清楚看到臉和表情。「喔。」他看到我，舉手招呼。

「最近好嗎？」

你在這裡做什麼啊？我上完廁所之後問他。

「抽菸啊。難道看起來像是在思考怎樣勾引女人嗎？」

這裡是你的店嗎？我問。雖然他搖頭，但是看不出否定的意思。

「你是不是想要把這件事情寫在雜誌上或者是做電視報導啊。」

沒這回事。

「嗯，也對，你還懂得分寸。」

啊，那種人應該是沒有辦法進入這間店的吧？

「如果我回答，那我和這家店的關連性不就曝光了嗎。你覺得這次的歌手怎麼樣？」

眞是太棒了，她叫什麼名字呢？

艾克曼想了想，回答我說：「她的名字叫FV5type3，雖然我們都叫她愛蜜莉，不過她是一台機器人。」

看我啞口無言的樣子，艾克曼彎腰拍手笑得不可開交。

「你還眞的信啊？眞是太好笑了。到目前爲止，你是第三個相信這件事情的人。你想知道第一個和第二個是誰嗎？」

我滿臉通紅點點頭。

「第一個是美國飛雅特公司的老闆，第二個是偷走我Visa信用卡的一個十九歲逃兵。說到這個，你是做什麼的啊？」艾克曼一直笑個不停。

我自己經營一間小小的廣告公司。

「原來如此，日本的廣告商啊。以後還有多少人會相信呢？中國末代皇帝親族之類的好像不錯，巴黎杜樂麗公園裡面那些爲了金錢出賣身體的異性戀男娼也不賴。」

這裡到底是哪裡？我原本待在旅館大廳的餐廳裡面，結果餐廳竟然就地變成爵士俱樂部，到底要怎麼做才能夠回到旅館呢？

「你想回去吧？」

我沒有辦法在這間爵士俱樂部裡面度過我的餘生。

「爲什麼？」

我不會唱歌，也不會演奏樂器，也不想改行當服務生。

「原來你是在考慮工作的事情啊，那如果可以用客人的身分待下去呢？」

要睡在哪裡？

「你好像不知道對於人體來說睡眠並不是絕對必要的東西，如果只是要讓身體休息的話，橫躺就行了。睡眠其實是爲了消除大腦的疲勞。但是只要待在這邊大腦永遠不會疲勞，所以不需要睡眠。喝啤酒的話就不會餓，廚房也有三明治、烤乾酪玉米片，或者是披薩，不過沒辦法叫壽司外賣就是了。」

所以這邊所有的客人都一直待在裡面嗎？

艾克曼終於不笑了。我覺得背上有東西溜過，有種不祥的預感。

「每個人狀況不一樣，最長的客人已經待了八年，他從一開張就來了。」

他們就這樣一直坐在座位上嗎？

「是啊，那個客人大概已經反覆聽了三十萬次左右的爵士經典名曲。可是他一點也不膩，就和上個世紀的鴉片一樣。」

萬一永遠留在這裡的話，對於原本的世界來說，我是不是就會變成行蹤不明啦？

「如果我說這間俱樂部是爲了屏除所有社會的羈絆才成立的，你覺得怎樣？」

和我以前想的不一樣。

「那是你自己自以爲是的想法。對於大多數的男人而言，這裡是他們夢寐以求的理想國，理想酒吧。就算一生只能遭遇一次，還是有許多男人滿心希望能夠來到這裡，數量遠超過你所能想像。如果想要永遠待在這邊，就必須要放棄其他所有事情。還是說，你以爲這裡是像你以前遇過那種，下班途中去喝一杯威士忌紓解一下壓力的那種酒吧，之後回到家還會有老婆親吻迎接你？」

是我弄錯了嗎？

艾克曼又點了一支菸。

「第三首你想要聽什麼？快開始囉，就讓你點歌吧。」

維克多・揚❶的曲子，什麼都好。待在這邊應該還是多少可以聽到吧？

「那麼就唱〈Love Letters〉吧，任何人都有這種回憶，單純、有力的回憶。好好回味一下收到情書的心情，彷彿自己掌握全世界的那種心情吧……」

隔著這扇門，我真的聽到〈Love Letters〉了。

從你心底直接發出的信
分隔兩地還是讓我倆很靠近
我不怕黑夜
因爲我手裡捧著你的心
我記得你每一行的叮嚀
親吻你的簽名
親愛的，我又從頭開始讀

❶ Victor Young，1900-1956，美國作曲家，小提琴手。

期待I love you這句話現形
期待你直達的心情……

LOVE LETTERS
Words by Harry Heyman／Music by Victor Young

夢
Dreams

第三首歌結束的時候有另外一位客人走進化妝室，上完之後和艾克曼聊了一下天。

「今晚的演出眞是太棒了。」

「眞的嗎，謝謝。」

「我女兒最近都很晚回家。」

「要小心一點才行啊。」

「現在奇怪的人很多。」

「眞的，可是來這裡就覺得鬆了一口氣。」

「眞是太好了，我也很開心。

你不用太擔心自己好像已經在這裡待很多年，這是身爲老闆的我眞正的心願……」

聊完之後，客人紅著眼眶走了出去。

艾克曼轉頭看我。

「你點的歌結束了。如果還想要聽歌的話就回座位去吧，我還要再抽兩根。」

我也想抽菸，把剩的一根抽完就回去。

「你在說什麼啊？俱樂部又沒有禁菸，我是因爲辦公室禁菸所以才來這邊抽。還是說你不太想回店裡？該不會對我剛剛說的話認眞了吧。」

忽然一陣醉意湧上。我的太陽穴附近順著脈搏的節奏突然開始痛起來，嘴裡黏答答糊成一團，胃也變得很重好像要沉進身體深處，整個人陷入一種非常糟糕的狀態。

「怎麼啦？你臉色看起來很差耶，該不會是對我說的話太認眞心情變差了吧？眞是的，日本人就是不懂得怎麼開玩笑。這邊是旅館地下的爵士會員俱樂部，你只是忘記自己下樓而已啦，怎麼樣？告訴你這種一點也不有趣的事實眞相，心情有沒有好一點？」

心情一點也沒有比較好。我只覺得胃袋還有其他的器官從身體裡面一路沉到腳底，然後又伴著一些噁心的髒東西升上喉嚨。

「如果我再告訴你一些更極端的事情會不會比較有效？譬如說我像電視影集《勝利大決戰》❶那樣是從其他星球來的外星人。因爲地球上賣命工作、身心疲憊的中年男子身上隱藏了某種……沉睡在神經當中的熱情，我是爲了抽取這些熱情元素所以才來地球的。你覺得這種說法怎麼樣？這間爵士俱樂部其實是我用來執行任務的工具，聽到這個你的心情有沒有變好一點？好吧，讓我來告訴你眞相吧。你在極端的假設和

❶ V，一九八三年由Kenneth Johnson編導，NBC首播的美國科幻電視影集。

常識性的現實兩者之間是找不到眞相的。這間爵士俱樂部的祕密，我已經全部都告訴你了。無論你是想要串聯線索，還是想要尋找隱藏在話語背後的內涵，之後都靠你自己。你懂嗎？眞相存在於你的想像當中，你要把它稱之爲想像的本質也可以，只是看你自己能不能夠接受。」

我聽不見艾克曼最後說了什麼。只有「想像的本質」這個詞在我耳中迴盪了好幾百次。我的腦中只有噁心的印象，整個人的皮膚好像剝落翻轉過來內臟暴露到外面，既沒有卡住也沒有懸在空中直接啪答啪答掉在廁所地板上。然後我眼前一黑。

當我醒過來的時候，身上帶著一種日本地下鐵車站的廁所味，不過人卻躺在自己旅館房間的床上被後現代的寢具包圍。拿起枕邊的電話打給櫃檯，他們說我醉倒在化妝室的地板上，派了三個服務生才把我搬回房間。問他們跟我一起行動的音樂家在哪，服務人員說他傍晚已經退房。我請教他們地下的爵士俱樂部是不是還在營業，他們可能認爲我還在醉，並沒有回應。

我洗了一個熱水澡，把弄髒的襯衫和褲子裝進洗衣袋，換了新的衣服。現在已經過了半夜一點。搭電梯下樓，後現代旅館大廳的餐廳一如既往。音樂家當然是不見蹤影了。我沒問他全名、地址，或者是詳細的工作內容，所以也沒辦法查他是不是眞的已經退房回倫敦。

我走到先前和音樂家一起就座的桌子旁邊坐下。服務生隨即出現閉上一隻眼睛搖搖頭，捉弄似地笑說：「不可以再喝囉。」我點了熱牛奶和三明治。「對，這樣很好。」服務生又笑了。繪本裡面常常會出現有人吃三明治吃到臉頰都鼓起來，我喃喃說。像《愛麗絲夢遊仙境》啦、《說不完的故事》❷啦，全部都是用自己腦海中的意象把不可思議的事情具象化才變成故事。

這麼一想，無論是我還是那位音樂家，都沒有碰觸過艾克曼。然而即使碰到又反覆撫摸，也沒有辦法確認他到底是不是眞實吧。我是精神有毛病嗎？如果眞的是這樣，那到底什麼程度算是正常什麼又是不正常？我和音樂家一起聽兩首歌又隔著洗手間門聽一首歌的那間JAZZ BAR，和另外那家我在青山和朋友迷路闖進的JAZZ BAR是同一家店嗎？這種事情無所謂吧？艾克曼的話言猶在耳，我暗自苦笑起來。事情確實是沒什麼大不了的，況且，在那間JAZZ BAR體驗到的不是那種會震撼下半身和大腦的快感。在那邊感受到的只是一種小小的安慰，告訴你事情並不如表面上看起來那麼糟，就像商業雜誌的廣告文案一樣，瞬間讓人沉靜下來。不過我會這樣思考或許是因爲我年紀大了，想要遇到眞正能夠讓人感到安心自在的事物原本就不容易。

❷ Never Ending Story，麥克・安迪的童話作品。

「您好像一直在發呆，怎麼了嗎？」黑衣服務生叫了我一聲。

沒什麼，我在想，或許我一直是在作夢吧。聽我這樣回答，服務生說「這樣不是很棒嗎？」然後拍拍我的肩膀。

不是一直在作夢嗎
特別是心情憂鬱的時候
我都是這樣做
吐出香菸的煙圈
看它在空中飄泊
發現回憶有多落寞

所以作夢是必須的
在那些倦怠的日子裡
你的夢　必須持續
事情並不像表面那麼倉皇

所以繼續幻想
至少
我是這樣……

當我們非常疲憊的時候

當我們陷入自我矛盾搞不清楚出口的時候

那間爵士酒吧

就會出現……

後記

有時候驀然回首，才會注意到陪伴在自己身邊的人、物，或者是音樂。對我來說，爵士樂就是這樣。偶爾思考一些讓人覺得鬱悶或者是疲憊的事的時候，爵士樂都會在旁邊陪伴我。不同的音樂和我有著不同的關係，像莫札特的音樂不知道從什麼時候開始讓我有種被拋棄的孤寂感，搖滾樂則讓我覺得自己必須擔負起責任。

爵士樂則是一種溫柔。

就像那種暫時不連絡也還是會記得自己，和自己來往的女人一樣溫柔。

仔細想想，好像只有爵士樂是這樣。

爵士樂經典曲目尤其讓人感覺溫暖又平易近人，彷彿在說：「我會永遠等你。」雖然好像不用特意解釋，不過我認爲那並不是平易近人，而是一種「強韌」。

那是「理想中的美國」，是移民和流亡者們最精采的精華組合。就像在美軍基地附近收到巧克力一樣，味道總是那麼甜，那麼令人難忘。

我從夢幻JAZZ BAR這個概念出發，用了近四十首經典曲目希望能夠藉此表現某種失落的溫暖。因爲我個人對原曲投入很深的感情，所以歌詞翻譯的部分，有兩三首歌在意義上稍微有所改變。希望大家在閱讀的時候能夠把那當成是我個人對於歌曲的愛。

一九九一年二月二十七日　村上龍

國家圖書館出版品預行編目資料

其實你不懂愛／村上龍著；鄭衍偉譯.——初版
——臺北市：大田，民99.09
面；公分.——（日文系；037）

ISBN 978-986-179-186-9（平裝）

861.57　　99013989

日文系 037

其實你不懂愛
作者：村上龍
譯者：鄭衍偉

出版者：大田出版有限公司
台北市106羅斯福路二段95號4樓之3
E-mail:titan3@ms22.hinet.net
http://www.titan3.com.tw
編輯部專線（02）23696315
傳眞（02）23691275
【如果您對本書或本出版公司有任何意見，歡迎來電】
行政院新聞局版台業字第397號
法律顧問：甘龍強律師

總編輯：莊培園
主編：蔡鳳儀　編輯：蔡曉玲
企劃行銷：黃冠寧　網路行銷：陳詩韻
校對：謝惠鈴／蘇淑惠
承製：知己圖書股份有限公司・04-23581803
初版：2010年（民99）九月三十日
定價：新台幣 280 元

總經銷：知己圖書股份有限公司
（台北公司）台北市106羅斯福路二段95號4樓之3
電話：(02)23672044・23672047・傳眞：(02)23635741
郵政劃撥：15060393
（台中公司）台中市407工業30路1號
電話：(04)23595819・傳眞：(04)23595493
國際書碼：ISBN 978-986-179-186-9 / CIP: 861.57 / 99013989

KOI WA ITSUMO MICHI NA MONO
By MURAKAMI Ryu

From：地址：

姓名：

廣 告 回 郵
北區郵政管理局登記證北台字1764號
免 貼 郵 票

＊請沿虛線剪下，對摺裝訂寄回，謝謝！

To：**大田出版有限公司　編輯部收**

地址：台北市 106 羅斯福路二段 95 號 4 樓之 3

電話：（02）23696315-6　傳真：（02）23691275

E-mail：titan3@ms22.hinet.net

大田精美小禮物等著你！

只要在回函卡背面留下正確的姓名、E-mail和聯絡地址，

並寄回大田出版社，

你有機會得到大田精美的小禮物！

得獎名單每雙月10日，

將公布於大田出版「編輯病」部落格，

請密切注意！

大田編輯病部落格：http://titan3.pixnet.net/blog/

智　慧　與　美　麗　的　許　諾　之　地

＊請沿虛線剪下，對摺裝訂寄回，謝謝！

閱讀是享樂的原貌，閱讀是隨時隨地可以展開的精神冒險。

因爲你發現了這本書，所以你閱讀了。我們相信你，肯定有許多想法、感受！

讀 者 回 函

你可能是各種年齡、各種職業、各種學校、各種收入的代表，

這些社會身分雖然不重要，但是，我們希望在下一本書中也能找到你。

名字／＿＿＿＿＿＿性別／□女 □男　出生／＿＿年＿＿月＿＿日

教育程度／＿＿＿＿＿＿＿＿

職業：□ 學生　□ 教師　□ 內勤職員　□ 家庭主婦

□ SOHO族　□ 企業主管　□ 服務業　□ 製造業

□ 醫藥護理　□ 軍警　□ 資訊業　□ 銷售業務

□ 其他＿＿＿＿＿＿

E-mail/＿＿＿＿＿＿＿＿＿＿電話/＿＿＿＿＿＿

聯絡地址:＿＿＿＿＿＿＿＿＿＿＿＿＿＿＿

你如何發現這本書的？　**書名：其實你不懂愛**

□書店閒逛時＿＿＿＿書店 □不小心在網路書站看到（哪一家網路書店？）＿＿＿＿

□朋友的男朋友（女朋友）灑狗血推薦 □大田電子報或網站

□部落格版主推薦＿＿＿＿＿＿＿＿＿＿

□其他各種可能 ，是編輯沒想到的＿＿＿＿＿＿＿＿

你或許常常愛上新的咖啡廣告、新的偶像明星、新的衣服、新的香水……

但是，你怎麼愛上一本新書的？

□我覺得還滿便宜的啦！ □我被內容感動 □我對本書作者的作品有蒐集癖

□我最喜歡有贈品的書 □老實講「貴出版社」的整體包裝還滿合我意的 □以上皆非

□可能還有其他說法，請告訴我們你的說法

＿＿＿＿＿＿＿＿＿＿＿＿＿＿＿＿＿＿＿＿

你一定有不同凡響的閱讀嗜好，請告訴我們：

□ 哲學　□ 心理學　□ 宗教　□ 自然生態　□ 流行趨勢　□ 醫療保健

□ 財經企管　□ 史地　□ 傳記　□ 文學　□ 散文　□ 原住民

□ 小說　□ 親子叢書　□ 休閒旅遊　□ 其他＿＿＿＿＿＿＿＿

請說出對本書的其他意見：

大田出版有限公司編輯部 感謝您！